卷四
T~U

河洛話一千零一頁
——一分鐘悅讀河洛話

林仙龍　著

本書所使用音標（台羅音標）與其他音標對照表

本書音標	華語音標	羅馬音標	通用音標	國際音標	備註
聲　母					
p	ㄅ	p	b	p	
ph	ㄆ	ph	p	p'	
m	ㄇ	m	m	m	
b	ㄅ'	b		b	
t	ㄉ	t	d	t	
th	ㄊ	th	t	t'	
n	ㄋ	n	n	n	
l	ㄌ	l	l	l	
k	ㄍ	k	g	k	
kh	ㄎ	kh	k	k'	
h	ㄏ	h	h	h	
g	ㄍ'	g	g	g	
ng	ㄫ	ng	ng		
ts、tsi	ㄗ、ㄐ	ch、chi	z	ts	
tsh、tshi	ㄘ、ㄑ	chh、chhi	c	ts'	
s、si	ㄙ、ㄒ	s、si	s	s	
j	ㄗ'（ㄐ'）（ㄖ不捲舌）	j	j	dz	

本書音標	華語音標	羅馬音標	通用音標	國際音標	備註
韻　母					
a	ㄚ	a	a	a	
i	ㄧ	i	i	i	
u	ㄨ	u	u	u	
e	ㄝ	e	e	e	
o	ㄜ	o	e	o	
ơ	ㄛ	ơ	o		
ai	ㄞ	ai	ai	ai	
au	ㄠ	au	ao	au	
an	ㄢ	an	an	an	
-n	ㄣ	-n	en		
-m		-m	-m		
ang	ㄤ	ang	ang		
ong	ㄛㄥ	ong	ong		
ing	ㄧㄥ	eng	eng		
-ng	ㄥ	-ng	-ng		
ua	ㄨㄚ	oa	ua	ua	
ue	ㄨㄝ	oe	ue	ue	
uai	ㄨㄞ	oai	uai	uai	
uan	ㄨㄢ	oan	uan	uan	
ah	ㄚㄏ	ah	ah		入聲
ap	ㄚㄅ	ap	ap		入聲
at	ㄚㄉ	at	at		入聲
ik	ㄧㄍ	ek	ik	ik	入聲
a^n	ㄚ（鼻音）	a^n	ann		鼻音

本書標調方式

	第一調	第二調	第三調	第四調	第五調	第七調	第八調
標調 （例字）	e （蒿）	é （矮）	è （穢）	eh （厄）	ê （鞋）	ē （下）	e̍h （垎）

目次

tsh（ち）

0751　香亭【香重】

　　出葬時擡一空轎，葬訖置神主於其上，抬歸喪家，此稱「扛亭」或「扛香亭kng-hiuⁿ-tîng（ㄍㄥ1-ㄏㄧㄨ1鼻音-ㄉㄧㄥ5）」，轎狀物即稱「香亭」。

　　陸游放翁家訓：「近世出葬，或作香亭、魂亭、寓人、寓馬之類，一切當屛去」，「香亭」即謂內置香爐之結綵小亭，可抬，為舊時賽會、出殯所常用，此處「小亭」並非建築物，而指「亭狀」小轎。

　　「香亭」亦作「香重」，「重」乃古代喪禮在木主未及雕製之前代以受祭之木，釋名釋喪制：「重，死者之資重也，含餘米以為粥，投之甕而縣之，比葬，未作主，權以重主其神也」，禮儀士喪禮：「重，木刊鑿之。甸人置重於中庭，三分庭，一在南」，鄭玄注：「木也，懸物焉曰重，刊，斲治，鑿之為縣簪孔也，士重木長三尺」，禮記檀弓下：「重，主道也」，鄭玄注：「始死未作主，以重主其神位」，續資治通鑑宋高宗紹興三十二年：「丙寅，瘞欽宗重于昭賢寺，立虞主」，故「香重」屬較古老的寫法，廣韻：「重，直容切」，可讀tîng（ㄉㄧㄥ5），如重來、重沓。

0752 亭仔腳【庭仔下】

北京話「騎廊」或「走廊」，河洛話稱為tîng-á-kha（ㄉㄧㄥ5-ㄚ2-ㄎㄚ1），俗多作「亭仔腳」，此寫法問題不小。

「亭仔腳」字面意思在指「亭柱基腳」，「亭仔」就是涼亭，與騎廊、走廊是兩回事，將「亭仔」借作「騎廊」、「走廊」，可謂無理。

臺北集思謎會葉明冬先生有一說十分有趣，曰「停歇腳」，以為騎廊、走廊可供行人歇腳，或避風雨，或躲烈日，此見確有幾分理趣。

按「广」部字一般與較簡單的建物有關【僅三面牆之建物稱「广」，四壁完整之建物稱「宀」】，如廳、廁、廟、序、廊、廄、廚、廠……，「庭」亦是，原指從建物主體延伸出去的遮棚【騎廊、走廊亦屬之】，古代三合院「庭」圍於中院四邊，遂與「院」合稱「庭院」，其下即稱「庭仔下tîng-á-kha（ㄉㄧㄥ5-ㄚ2-ㄎㄚ1）」。

「庭」之末尾，俗稱「庭末【或作「庭尾」】」，河洛話稱為tiân-bué（ㄉㄧㄚ5鼻音-ㄅ'ㄨㄝ2），即北京話「庭院」。

0753 戶定【戶橉】

　　嚴格說，「門」包括很多部位，如兩旁的兩根「門柱」，上頭橫向的「門楣」，可供開關的兩扇【或一扇】「門板」，門板上方及下方的「門枓」，還有一道隔在地上以分內外的「戶定 hō-tīng（ㄏㄛ7-ㄉㄧㄥ7）」。

　　這「戶定」即「門限」，爾雅釋宮：「經傳諸注，以閾為門限，謂門下橫木，為內外之限也」，名義考：「門限之制有三，有一定者，今宮府及南人門多用之，有起落者，有不設者，蓋古多乘車，入門必脫限」，可見「門限」隔在門下以分裡外，為車乘出入方便起見，多屬活動裝置，可起落供車乘出入，故將門限寫做「戶定」，「定」字之用法與實況有所出入，實不可取。

　　「戶定」宜作「戶橉」，按「橉」本為木名，質地堅硬，後用來作門限，玉篇：「橉，木名又門限，楚人呼門限為橉」，淮南子氾論訓：「枕戶橉而臥者，鬼神躐其首」，注：「橉，閾也」，廣韻：「橉，良刃切」，音līn（ㄌㄧㄣ7），口語音轉tīng（ㄉㄧㄥ7），「戶橉」音義皆合，才是正寫。

0754 梃【橝、定】

「硬」含二義，一為堅，玉篇：「硬，堅硬」，一為強，字彙：「硬，強也」，河洛話則二義判然有分，前者所謂「堅硬」，乃上下、前後、左右加力皆不變形之質性，即tīng（ㄅㄧㄥ7），後者所謂「強硬」，乃折拗而不易斷裂之質性，即ngē（ㄤㄝ7），俗作「硬」。

tīng（ㄅㄧㄥ7）俗多作「定」，作堅定、穩定義，乃堅硬之引申義，因堅硬故能保持「定」之狀態，音義皆屬合宜。

有作「橝」，集韻：「橝，木理堅密」，集韻：「橝，堂練切」，讀tiān（ㄅㄧㄢ7），口語音轉tīng（ㄅㄧㄥ7），音義合宜。

有作「梃」，說文段注：「此謂木之剛者曰梃」，按「梃」亦木名，質地堅硬，可供造船、建築，早期文字實詞虛用，「梃」以其質地堅硬而借作「堅硬」義，惟廣韻：「梃，陟盈切，音貞tsing（ㄐㄧㄥ1）」，口語讀ting（ㄅㄧㄥ1）、tīng（ㄅㄧㄥ7），如梃酷酷、梃剛剛。

0755　頂狂頂猜【詐狂詐猜】

　　韻部i（一）、e（ㄝ）間存在著通轉現象，如地、鄭、持、姊、勢……等兼讀i（一）、e（ㄝ）韻即可見一斑。按「假kè（ㄍㄝ3）」【廣韻：「假，古訝切」】可轉tèⁿ（ㄅㄝ3鼻音），後又轉tiⁿ（ㄅ一3鼻音），如河洛話說裝瘋賣傻為「假狂假猜」的「假」字即是。

　　既然韻部i（一）、e（ㄝ）間存在著通轉現象，tèⁿ（ㄅㄝ3鼻音）也可能從tiⁿ（ㄅ一3鼻音）轉來，也就是「假狂假猜」的「假」字，其語音源頭可能不是e（ㄝ）韻，而是i（一）韻，不是讀成e（ㄝ）韻的「假」，而是另一個i（一）韻字。

　　若此，則「詐狂詐猜」應為可行的寫法，詐，欺也，欺誑也，偽其辭也，詭變也，晉書公孫永傳：「永年九十餘，被慕容暐徵，歲餘詐狂，暐送之平郭」，詐狂，佯裝狂態也，亦即裝瘋賣傻，亦即詐狂詐猜。

　　廣韻：「詐，側駕切」，讀tsà（ㄗㄚ3），如詐死、詐病，若從口語音的角度來看，「詐」與「炸」皆从乍聲，詐可讀如炸，「炸」口語俗讀tsiⁿ（ㄐ一3鼻音），如炸魚仔、炸排骨，故「詐」亦可讀tsiⁿ（ㄐ一3鼻音），音轉tiⁿ（ㄅ一3鼻音）。

0756 水滇【水沴、水漲】

以多量液體充填容器使呈飽和狀態，較常見的說法有「滿muá（ㄇㄨㄚ2）」、「溢ik（ㄧㄍ4）」，另有一種狀態介於此二者間，稱tīⁿ（ㄅㄧ7鼻音），指「飽滿到即將溢出」的一種狀態。

tīⁿ（ㄅㄧ7鼻音），俗作「滇」，集韻：「滇，大水貌」，字彙：「滇，盛貌」，意指「水多」，引伸作滿義。「滇tiān（ㄅㄧㄢ7）」可音轉tīⁿ（ㄅㄧ7鼻音）。

tīⁿ（ㄅㄧ7鼻音）亦可作「沴」，說文：「沴，水暫益且止」，即今所謂「水要溢出卻又沒溢出」，這比「滿」來得大，卻比「溢」來得小。按「沴」與「持」皆以「寺」為聲根，「持」讀tīⁿ（ㄅㄧ7鼻音），如手持咧、持牢牢、手持歕歕，「沴」口語亦讀tīⁿ（ㄅㄧ7鼻音），如水沴。

廈門音新字典作「漲tīⁿ（ㄅㄧ7鼻音）」，如漲滿滿、漲塞塞、飽漲，作狀詞。動詞則讀tiòng（ㄅㄧㄛㄥ3），採異讀得異義的方式，如「水漲【「漲」讀tiòng（ㄅㄧㄛㄥ3）】」表水位上升，「水漲【「漲」讀tīⁿ（ㄅㄧ7鼻音）】」表水滿，也是可行的寫法。

0757 握【持】

手部動作 tĩⁿ（ㄉㄧ7鼻音），口語亦讀 tēⁿ（ㄉㄝ7鼻音），與抓、握、捏、掐、拿、捺、搦、按等字義近，字書中手部字極多，通假也多，但與口語 tĩⁿ（ㄉㄧ7鼻音）音義皆合的手部字還真難找。

俗有作「鄭」、「擲」，如將人掐死寫做「鄭死」、「擲死」，前者恐天下鄭姓人士大不以為然，後者將「丟擲」作「掐捏」，明顯不妥。

有作「窒」，音義合，卻限於「掐之使窒息」義，不能廣泛通用，如手持刀亦說 tĩⁿ（ㄉㄧ7鼻音），作「手窒刀」則不妥當。

有作「搣」，廣韻：「搣，大計切，音第 tē（ㄉㄝ7）」，音合，說文：「搣，兩手急持人也」，義亦合，唯侷限於對人，對物即欠妥當。

其實寫做「持」最佳，不但通俗明確，運用廣闊，而且音義皆合，廣韻：「持，澄之切，音治 tĩ（ㄉㄧ7）」，說文：「持，握也」，亦即執，成詞持人為質、持仗、持筆、持劍、持楫、持鱔等，「持」皆可讀做 tĩⁿ（ㄉㄧ7鼻音）。

0758　鄭死【窒死】

　　看到有人把「揢死」、「捏死」的河洛話寫成「鄭死tīⁿ-sí（ㄅㄧ7鼻音-ㄒㄧ2）」，著實令人吃驚，此純屬記音寫法，義不可取。

　　試想：「鄭」一般作國名、地名或姓氏，不作動詞用，就算「鄭」口語讀tīⁿ（ㄅㄧ7鼻音），也難有充分的理由將「捏死」、「揢死」寫成「鄭死」。

　　動詞tīⁿ（ㄅㄧ7鼻音）與捏、揢、捺、搦、按、拿意思差不多，但以上諸字河洛話都不讀tīⁿ（ㄅㄧ7鼻音）。

　　「揢死」、「捏死」即以手壓迫使窒息而死，則tīⁿ-sí（ㄅㄧ7鼻音-ㄒㄧ2）可寫做「窒死」。

　　「窒」是個入聲字，不過口語可讀tīⁿ（ㄅㄧ7鼻音），廣雅釋詁一：「窒，滿也」，「東西滿了」河洛話即稱「窒tīⁿ（ㄅㄧ7鼻音）」，如「冊包窒矣【書包滿了】」；「窒」亦作阻塞、不通解，捏而窒息致死即「窒死」。

　　其實亦可寫做「治死」，寫法雖不比「窒死」妥切，卻比「鄭死」來得好很多。

0759　看著【看到】

「到」字从至刂【刀to（ㄉㄛ1）】聲，讀tò（ㄉㄛ3），口語音轉tiò（ㄉㄧㄛ3）。

「著」音tiòh（ㄉㄧㄛㄏ8），置前變調後，接近三調，有時亦被輕讀，也接近三調，與「到tiò（ㄉㄧㄛ3）」十分相像，故「著」、「到」二字容易發生混淆，實在需要釐清。且舉例說明如下【例句中「看」、「著」、「到」三字本調為三、八、三調】：

甲、「看著山，想著你」，口語讀時「看著」變為「二三」調。

乙、「看著，心花開」，口語讀時「看著」變為「二八」調。

丙、「山，我有看著」，口語讀時「看著」變為「三輕」調。

丁、「看到山，想到你」，口語讀時「看到」變為「二三」調。

戊、「山，我有看到」，口語讀時「看到」變為「三輕」調。

其中丙、戊例句中「看著【北京話讀ㄓㄠˊ】」與「看到」音同義同，河洛話宜統一寫做「看到」。

甲、丁例句中「看著【北京話讀ㄓㄜ˙】」與「看到」音同義異，不宜混用。

0760 騷跳、超騰 【峭跳、峭陡】

河洛話「tshio-tiô（ㄑㄧㄛ1-ㄉㄧㄛ5）」意指多表現、多動作、多作為、活潑、趾高氣昂狀，語意寬廣，有時略帶貶義，寫法亦多樣。

俗多作「騷跳」，作「風騷輕浮」義，「騷」口語讀tshio（ㄑㄧㄛ1），如起騷、騷根，「跳」為跳動不定，「騷跳」偏向貶義寫法，不過作「騷佻」似更佳。

臺灣漢語辭典作「超騰」，新序雜事：「從容遊戲，超騰往來」，意指活潑，無消極貶抑義，只是「超騰」二字皆須音轉，始讀tshio-tiô（ㄑㄧㄛ1-ㄉㄧㄛ5）。

有作「峭跳」，詞無貶義，作多表現、多動作、多作為解，但「峭跳」非成詞，「峭」口語可讀tshio（ㄑㄧㄛ1），如峭清、四角峭峭。

應亦可作「峭陡」，為「陡峭」之倒語，原用以狀地勢急速高起，引伸「趾高氣昂」狀，略含貶義。「陡」與「徒tô（ㄉㄛ5）」同為形聲字，含「走【其實是「土thô（ㄊㄛ5）」】」之聲根，可白讀tiô（ㄉㄧㄛ5）。【按「陡峭」文讀táu-tshiàu（ㄉㄠ2-ㄑㄧㄠ3），「陡」讀二調，但口語讀五調tiô（ㄉㄧㄛ5），如山壁誠陡、他考滿分人遂陡起來（北京話作「抖起來」）】

0761 趙【跳、趒】

「趙」是姓氏，是國名，音tiō（ㄉㄧㄛ7）。

一般作姓氏、國名【或地名】的字以「邑【阝】」部字為多，如邱、邵、邰、邸、郊、鄧……，「趙」非邑部字，而是「走」部字，本義應與「行走」有關，說文：「趙，趍趙也」，廣韻：「趙，字林云，趍也」，說文：「趍，趍趙，夂也，从走多聲」，段注：「夂，行遲曳夂夂也」，可知「趙」、「趍」同音義，皆作遲行解，皆讀多to（ㄉㄛ）音，或許韻書注「趙」讀tiō（ㄉㄧㄛ7），即源於此。

因「趙」與行動有關，又音tiō（ㄉㄧㄛ7），故臺灣語典卷一：「趙，躍也。自動為躍，被動為趙」，卻不知連氏所據為何。

tiô（ㄉㄧㄛ5）宜作「跳」，躍也，从足兆聲，口語讀如兆tiō（ㄉㄧㄛ7），同以「兆」為聲根的形聲字「逃」讀tô（ㄉㄛ5），讀音相近。

亦可作「趒」，說文：「趒，雀行也」，段注：「今人蓋用跳字」，徐灝箋：「此謂人之躍行如雀也，與足部跳字義同」，廣韻：「趒，徒聊切」，可讀tiô（ㄉㄧㄛ5）。

0762 就【得、著、乃】

河洛話說成tiȯh（ㄅㄧㄜㄏ8）的，如今幾乎都寫做「著」，這不好。

按「得」、「著」讀tiȯh（ㄅㄧㄜㄏ8），「乃」口語讀lō（ㄌㄜ7），音轉liō（ㄌㄧㄜ7）、tiō（ㄅㄧㄜ7），「得」、「著」、「乃」三字置前都變三調tiò（ㄅㄧㄜ3）。

若tiȯh（ㄅㄧㄜㄏ8）作獲得、得致義，當作「得」，如得獎、買彩券得三萬。

若作要、必須義，當作「得」，如你得來、得你則會成、做媳婦得知道理。

若作沾染義，當作「得」，如雞鳥得災、樹木得病。

動詞後語尾助詞，當作「得」、「著」，如逢著、見著、惹得、走得。

若作生成義，當作「著」，如著驚、著急。

相當北京話連接詞「就」，當作「乃」，如他乃是老大、他乃去台北。

「他得去台北 【他必須去臺北】 」和「他乃去台北 【他就去臺北】 」，「看到警察他著驚 【看到警察他心生驚怕】 」和「看到警察他乃驚 【看到警察他就害怕】 」，音雖相同，義卻不同，寫作時必須分辨清楚。

0763 中災【著災、得災】

　　「著」和「得」二字河洛話音義相近，二字都讀tiȯh（ㄉㄧㄜ厂8），置前都變三調，讀tiò（ㄉㄧㄜ3）【其實是tioh（ㄉㄧㄜ厂4），但實際口語音的調值與三調tiò（ㄉㄧㄜ3）差不多】。

　　且以以下例子試作比較：如著驚、著災、著病，「著」作遭受義；得驚、得災、得病、得獎、得時，「得」作得到義，其中「著驚」與「得驚」、「著災」與「得災」、「著病」與「得病」，音與義皆相同，此時「著」和「得」可互通【因此「得獎」、「得時」也可以寫做「著獎」、「著時」】，因為被動的「遭受【即「著」】」與主動的「得到【即「得」】」，其實是同一回事。

　　俗有將「得驚」、「得災」、「得病」、「得獎」、「得時」寫做「中驚」、「中災」、「中病」、「中獎」、「中時」，周禮地官師氏：「掌國中失之事」，校勘記：「中失猶得失」，王念孫云：「中得義相同，故二字可以互用」，戰國齊策：「是秦之計中」，注：「中，得也」，然「中」通「得」時，韻書注「中」音陟仲切，讀tiòng（ㄉㄧㄛㄥ3），不讀入聲，調不合，就河洛話而言，作中驚、中災、中病、中獎、中時，不妥。

0764 袂直【未直、未得、未著】

家境窮困的人過著三餐不繼的生活，所謂「三餐不繼」，即俗說的「有一頓無一頓」，亦有說「顧三頓都袂直」，「袂直」讀做bē-tit（ㄅ'ㄝ7-ㄅㄧㄅ8），其中「袂」係記音寫法，義不足取，宜作「未【或嬒，即不會】」。

詩鄭風：「羔裘如濡，洵直且侯」，集傳：「直，順也」，「顧三餐都未直」即想顧三餐都未能順遂。

另有一種說法是「顧三頓都未得」，「未得」讀做bē-tio̍h（ㄅ'ㄝ7-ㄅㄧㄜㄏ8），意指想顧三餐卻未能得到。

亦有作「顧三頓都未著」，即想顧三餐卻未有著落【結果】，其音義與「顧三頓都未得」一樣。

亦有說「顧三頓都未得著」，「未得著」讀bē-tit-tio̍h（ㄅ'ㄝ7-ㄅㄧㄅ4－ㄅㄧㄜㄏ8），謂未能得到結果。「顧三頓都未得著」即想顧三餐卻未能得到結果，意思和「顧三頓都未得」、「顧三頓都未著」相同，應該是此兩句話綜合衍生出的新說法。

0765　鬢邊扚扚彈【鬢邊怵怵彈】

　　「釣魚tiò-hî（ㄉㄧㆤ3-ㄏㄧ5）」其實可以寫做「扚魚tioh-hî（ㄉㄧㆤㄏ4-ㄏㄧ5）」，廣韻：「扚，引也」，亦即牽引，河洛話「扚魚網仔」、「扚索仔」、「扚向後」，「扚」即以手牽引。

　　「扚」有時讀tiuh（ㄉㄧㄨㄏ4），仍作牽引義，如「心肝扚三下」、「鬢邊扚扚彈」；或作擊打義，如「挈竹錦扚三下」。

　　一般當一個人在發炎或緊張狀態時，因肌肉、筋絡急遽牽引的關係，有時甚至產生痛感，稱為thiàⁿ-tiuh-tiuh（ㄊㄧㄚ3鼻音-ㄉㄧㄨㄏ4-ㄉㄧㄨㄏ4），可作「痛扚扚」，俗亦說「扚扚痛」。

　　「痛扚扚」寫做「痛怵怵」似乎更佳，方言一：「怵，痛也」，即河洛話說的「痛怵怵」；廣韻釋詁：「怵，驚也」，即河洛話說的「驚怵怵」；集韻：「怵，怒也」，即為河洛話說的「怖怵怵【「怖」讀phaiⁿ（ㄆㄞ2鼻音）】」。

　　故「鬢邊扚扚彈」與「鬢邊怵怵彈」不同，前者不一定會痛，後者卻一定會痛。

0766　等【張】

勸勸、蓋蓋、擔擔、事事、接接、拈拈、咼咼、蚩蚩，以上皆疊字成詞，所疊之字卻二讀，例如「勸勸」讀khuàn-khǹg（ㄎㄨㄢ3-ㄎㄥ3），河洛話有很多這種詞例，有人以為「等等」亦是，讀做tng-tán（ㄉㄥ1-ㄉㄢ2）。

「等」讀tíng（ㄉㄧㄥ2），如高等；口語讀tán（ㄉㄢ2），如等待；河洛話亦說暗中等待、窺視、偵察為tng（ㄉㄥ1），卻不宜作「等」，因調不合。

tng（ㄉㄥ1）宜做「張」，作名詞，指誘捕動物的器具，如鳥仔張、鳥鼠張，周禮秋官冥氏：「冥氏掌設弧張，為阱擭以攻猛獸」，鄭玄注：「弧張，置罦之屬，所以局絹禽獸」，杜甫詩：「貞觀銅牙弩，開元錦獸張」，張，即誘捕動物的器具。

張，可作動詞，作暗中等待、窺視、偵察義，如張鳥仔、張鳥鼠，漢王褒僮約：「黏雀張鳥，結網捕魚」，後漢書王喬傳：「輒有雙鳧從東南飛來，於是候鳧至，舉羅張之」，李白詩：「妻子張白鷳，結置映深竹」，資治通鑑：「勞勤張捕，非憂恤之本也」。tng-tán（ㄉㄥ1-ㄉㄢ2）應作「張等」，不作「等等」。

0767 轉大人【長大人】

小孩長大成人，生理會有變化，男孩子長出喉結，女孩子胸部隆起，這些現象出現時，我們會說小孩已經「轉大人tńg-tuā-lâng（ㄉㄥ2-ㄉㄨㄚ7-ㄌㄤ5）」。

「轉」口語確實可讀tńg（ㄉㄥ2），如回去稱「轉去」，陳鵠耆舊續聞卷四：「……馬猶如此，著甚來由，乃轉去」，如回來稱「轉來」，李漁比目魚耳熱：「原來戲做完了，那些看戲的人都轉來了」，如成詞轉風、轉喉、轉目、轉面……，如日常用語轉外家 【回娘家】、轉笑面、轉好天、轉囡仔性、病情轉嚴重……；河洛話說「轉大人」即轉變成大人，詞型與「轉笑面」、「轉好天」、「轉囡仔性」一樣。

俗亦有作「長大人」，顧名思義，即長大成人，「長」文讀tiông（ㄉㄧㄛㄥ5）時，語讀tńg（ㄉㄥ5）；另又文讀tióng（ㄉㄧㄛㄥ2），語讀tńg（ㄉㄥ2），如長大人，文白音轉現象一致。禮記曲禮下：「長曰能從宗廟社稷之事矣」，公羊隱元：「隱長而卑」，史記孔子世家：「及長為委吏」，長，成人也，成年也；可見「長」字義本就和「大人 【成人】」連綴一起，寫做「長大人」音義皆合。

0768

頓胸坎【掇胸坎】

廣韻:「頓,都困切,音敦tùn(ㄉㄨㄣ3)」,如頓首、頓腳,口語讀做tǹg(ㄉㄥ3),一作放置義,相當於「园」、「抗」【兩字都讀khǹg(ㄎㄥ3)】,如物件頓於眠床頂【東西放在床上】、冊頓於桌頂【書放在桌上】;另作東西或身體的某部位向下重碰義,由「頓」字之古義「顛頓倒仆」引申而來,如他驚一下遂頓塌坐落去【他嚇了一跳,結果跌坐下去】、大魁人坐無好遂頓大龜【胖子沒坐好,結果摔了個大屁股】、椰子頓落溝仔底【椰子掉到溝底】,資治通鑑梁武帝天鑑十二年:「約懼,不覺上起,猶坐如初,及還,未至床而憑空,頓於戶下,因病」,胡三省注:「踣而首先至地曰頓」,指的就是「頓著頭tǹg-tiòh-thâu(ㄉㄥ3-ㄉㄧㆦㄏ8-ㄊㄠ5)」。

捶胸,河洛話說tǹg-hing-khám(ㄉㄥ3-ㄏㄧㄥ1-ㄎㄚㄇ2),俗作「頓胸坎」,意思變成摔到胸脯,與「捶胸」不同,作「掇胸坎」才是正寫,集韻:「掇,捶衣」,亦即捶,如捶桌子稱「掇桌」,捶椅子稱「掇椅」,用手肘捶撞稱「用手曲掇」,集韻:「掇,都玩切,音緞tuàn(ㄉㄨㄢ3)」,音轉tǹg(ㄉㄥ3)。

0769 長頭鹿仔【長頜鹿仔】

　　長頸鹿原產於非洲撒哈拉沙漠南邊乾燥的草原上，對臺灣來說，是道地的外來物種，當前期人初見此龐然卻溫馴的素食動物，誤把牠的長頸子當作是頭的一部份，因此稱牠「長頭鹿仔」，也稱「麒麟鹿」，大概是因為傳說中的「四不像」，有人說是長頸鹿，也有人說是麒麟【仁獸，亦屬傳說中之動物】，長頸鹿遂與麒麟混說，吾人便稱長頸鹿為「麒麟鹿」。

　　「頸」的河洛話說成ām-kún（ㄚㄇ7-ㄍㄨㄣ2），有作「頷管」，音義似是而非，其實應作「頷頸」，中文大辭典：「頷，頰下頸上之部分」，說文：「頸，頭莖也」，廣韻：「頸，居郢切，音景kíng（ㄍㄧㄥ2）」，可轉kún（ㄍㄨㄣ2），或有作「䫙」，䫙為頰後，非頸也，音雖合，義有微差。

　　時至今日，我們知道前人留下來的「長頭鹿仔」說法是有違事實的，實有必要更正改說「長頷鹿」或「長頷頸鹿」，或因長頸鹿溫馴可愛，語尾可加上「仔á（ㄚ2）」，作「長頷鹿仔」或「長頷頸鹿仔」，這樣比較合乎事實，也比較能讓人接受。

0770　刀路深【掏賂深】

　　有某些行業或商家索費頗高，河洛話會說該店to-lō-tshim（ㄅㄛ1-ㄌㄛ7-ㄑ一ㄇ1），俗作「刀路深」，大有商家獅子大開口，伸手如出刀，下手重，所劃刀痕深刻，客戶荷包受傷慘重，故說「刀路深」，倒也別有一番理趣，此說尤多用於私人醫療院所，言診費藥費特高，如持刀搶劫一般。

　　「刀」若作錢財解，倒是合理，正字通：「刀，錢名，初學記，黃帝采首山銅，始制為刀」，史記平準書讚：「龜貝金錢刀布之幣興焉」，索隱曰：「刀者錢也，以其形如刀，故曰刀」，戰國時期確實曾有過「刀幣」，刀，錢也。

　　「路」字若改作「賂」，「賂」即財貨，「刀」亦指錢財，則「刀賂」倒可視為同義複詞，亦作錢財義，「刀賂深」謂錢財深，但，又何指？

　　其實應作「掏賂深」，掏，取也，賂，錢財也，掏賂，掏取錢財也，簡言之，即索費，索費多、索費高便說「掏賂深」，俗訛作「刀路深」。

　　廣韻：「掏，徒刀切，音桃tô（ㄅㄛ5）」，與to（ㄅㄛ1）一樣，置前變七調。

0771 雙面刀鬼【雙面多詭】

　　有一種騎牆派人物，雙面討好，左右逢源，幾乎無往不利，不過大家對這種人卻極為戒慎恐懼，唯恐受其利用，甚至受其傷害，北京話稱這種人為「牆頭草」，或稱「騎牆派」，河洛話則稱為「雙面刀鬼siang-bīn-to-kuí（ㄒㄧㄤ1-ㄅㄧˊ-ㄣ7-ㄉㄜ1-ㄍㄨㄧ2）」。

　　這種「雙面刀鬼」非常可怕，其一，這種人具有雙面人的特性，詭詐陰險，不易捉摸；其二，這種人像一把利刃，為牟取自身利益，連身邊的人都加以傷害；其三，這種人狠毒兇惡，有若鬼魅，令人避之三舍猶恐不及；因為這樣，便被寫為「雙面‧刀‧鬼」。

　　「雙面刀鬼」在指兩面討好，詭詐多計的行為模式，無關乎「刀」【不必耍刀弄槍】，更無關乎「鬼」【這種人是人，不是鬼】，這種人所具備的特性有二，一是「雙面人」，一是「多詭詐」，因此應該寫做「雙面多詭」才對，「多」、「刀」皆讀to（ㄉㄜ1），「詭」、「鬼」皆讀kuí（ㄍㄨㄧ2），因「多詭」、「刀鬼」音同，故有此訛寫。

0772　佗位【底位】

臺灣語典卷一：「佗，何也。按佗、何二字，本義互訓。說文：佗，何也；何，儋也。後人借佗為他、借何為誰，二字亦可互訓。例：佗去【則何往】、佗位【則何所】」。

其實說文寫的是「佗，負何也」，非「佗，何也」，差異極大。說文通訓定聲：「佗，俗字作駝、作馱」，與「負何【負荷】」義近。集韻：「佗，通作它」，如佗日、佗故、佗人、佗方、佗心、佗年、佗時，「佗」皆作它解，不作「何」解。連氏所言無據，可惜今人亦不詳查，致多作何處為「佗位tó-uī（ㄅㄜ2-ㄨㄟ7）」，其實韻書注「佗」讀平聲一、五調及去聲三調，雖可讀上聲二調，卻作被髮、拖引義，如史記龜策傳：「醮酒佗髮」。

「佗位」宜作「底位」，中文大辭典：「底，疑問助詞，猶何也」。一般韻部e（ㄝ）與o（ㄜ）在口語音的呈現上有通轉現象，如「坐」、「祭」、「過」、「短」、「作」等皆為顯例，「底té（ㄅㄝ2）」口語可讀tó（ㄅㄜ2），如你每去底位【你要去哪裡】、你是底一位【你是哪一位】、底位有車站【哪裡有車站】。

0773 倒酒【酌酒】

廣韻：「斟，職深切」，讀tsim（ㄐㄧㄇ1），廣韻：「酌，職略切」，讀tsiok（ㄐㄧㄛㄍ4），斟酌，凡事度量也，如「麻煩你斟酌一下」。

按「斟」從斗，「酌」從勺，斗勺皆舀取之器，主要功能為舀取和灌注，「斟」與「酌」則都與灌注有關。

廣韻釋詁四：「斟，酌也」，「斟酌」乃同義複詞，以灌注功能言，「斟」等同河洛話thîn（ㄊㄧㄣ5），「酌」等同河洛話tò（ㄉㄛ3），故河洛話口語說「斟酒」為thîn-tsiú（ㄊㄧㄣ5-ㄐㄧㄨ2），說「酌酒」為tò-tsiú（ㄉㄛ3-ㄐㄧㄨ2）。

「酌tsiok（ㄐㄧㄛㄍ4）」口語音轉tò（ㄉㄛ3），這從同以「勺」為聲根的另一形聲字「釣」讀做tiò（ㄉㄧㄛ3），即可看出端倪。

「酌酒」俗多作「倒酒」，這不妥，因為「倒」有棄除義，如倒垃圾、倒廚餘、倒髒水，同理，「倒酒」即「把酒倒掉」，這和「酌酒」剛好反義。

與「斟酒」同義的tò-tsiú（ㄉㄛ3-ㄐㄧㄨ2），應作「酌酒」，不可作「倒酒」。

0774　當選【中選】

　　每到選舉,「當選」之聲便不絕於耳,這「當選」二字北京話讀ㄉㄤˋ ㄒㄩㄢˇ,河洛話說tòng-suán(ㄉㆲ3-ㄙㄨㄢ2),作中選義,即如國語辭典「當選」條所注:「選舉時,得到合於法定的多數票而被選」;不過「當選」二字北京話亦讀ㄉㄤ ㄒㄩㄢˇ,河洛話說tong-suán(ㄉㆲ1-ㄙㄨㄢ2),作應當選出義,如「全縣有八人參加議員競選,當選五名」。

　　廣韻:「當,丁浪切,音擋tòng(ㄉㆲ3)」,集韻:「當,中也」,漢書兒寬傳:「制定其當」,注:「師古曰:當,猶中也」,呂氏春秋知度:「非其人而欲有功,譬之若夏至之日,而欲夜之長也,射魚指天,而欲發之當也」,高誘注:「當,中」,可見「當選」即「中選」。

　　廣韻:「中,陟仲切」,讀tiòng(ㄉㄧㆲ3),與「當tòng(ㄉㆲ3)」音近,集韻:「中,當也」,如中選、中獎、中的、中傷、百發百中,皆讀此音,故河洛話tòng-suán(ㄉㆲ3-ㄙㄨㄢ2)作「當選」、「中選」皆宜。

0775 一道壁【一堵壁】

　　北京話裡頭，「道」可作量詞，如一道菜、一道題目、一道彩虹……，此「道」字，河洛話一般讀做tō（ㄉㄛ7）。

　　「道」河洛話亦讀táu（ㄉㄠ2）【與北京話讀音相同】，如河洛話說「一次」為「一道」，餘如「知道」、「信道」的「道」俗亦讀此音，白居易和高僕射詩：「鞍馬鬧裝光滿路，何人信道是書生」，廣韻：「道，徒皓切」，讀táu（ㄉㄠ2）。

　　「道táu（ㄉㄠ2）」俗口語亦轉tó（ㄉㄛ2），故有將tsit-tó-piah（ㄐㄧㄅ8-ㄉㄛ2-ㄅㄧㄚㄏ4），寫成「一道壁」，此與北京話寫法相同，若此，「一道」就有三種讀法，似乎複雜了些。

　　「一道壁」宜作「一堵壁」，廣韻：「堵，當古切，音賭tó（ㄉㄛ2）」。

　　向來「名詞串詞」可轉為「名詞量詞」，如「茶壺」轉「一壺茶」、「銀角」轉「一角銀」、「牛隻」轉「一隻牛」、「房間」轉「一間房」、「冊本」轉「一本冊」、「竹節」轉「一節竹」，同理，「壁堵」亦可轉「一堵壁」。

0776 肚縣【兜縣】

　　舊時婦女或小兒用的抹胸，俗稱肚兜，小兒所用的一般無袋，作用是防骯髒、承接嘴涎、免風吹肚臍，湖湘間名「兜肚」。

　　河洛話稱肚兜為tó-kuāⁿ（ㄅㄛ2-ㄍㄨㄚ7鼻音），俗多作「肚縣」，取義懸掛在肚子上，其實肚兜非懸掛在肚子上，而是懸掛在頸子上，「肚縣」寫法欠佳。何況俗稱有啤酒肚者「縣一擎肚【「擎」讀khian（ㄎㄧㄢ1）】」，「肚縣」恐被誤為「懸著肚子」。

　　「肚縣」應作「兜縣」，「兜」作圍繞、蒙蓋義，「縣」作懸掛義，皆動詞，言兜而懸之，正是肚兜的使用方式。

　　廣韻：「兜，當侯切」，讀tau（ㄉㄠ1），如兜盔、兜鍪、兜售、兜率天，不過「兜」口語讀táu（ㄉㄠ2），元曲趙氏孤兒：「可怎生到門前兜的又回身」，中文大辭典注：「兜的，與陡的同，急遽也」，可見「兜」可讀如陡táu（ㄉㄠ2）【廣韻：「陡，當口切，音斗」】，再轉tó（ㄉㄛ2）。

　　俗說的「兜仔【兜兜】」、「兜縣褲【兜兜褲】」，「兜」都讀做tó（ㄉㄛ2）。

0777　黷【黗、透】

臺灣漢語辭典：「受色料或髒物所污染曰黷到tò-tiò（ㄅㄛ 3-ㄅㄧㆦ3）」，後漢書崔駰傳：「進不黨以讚己，退不黷於庸人」，劉禹錫上杜司徒書：「外黷相公知人之鑑，內貽慈親非疾之憂」，東周列國志第七回：「若使群臣知畏法，何須雞犬黷神明」，黷，玷汙也，汙染也，只是廣韻：「黷，徒谷切，音獨tòk（ㄅㄛㄍ8）」，為入聲字，與tò（ㄅㄛ3）調有出入。

俗亦有作「黗」，六書故：「黗，濁黑也」，集韻：「黗，色深黑」，本作名詞或狀詞，若作動詞，應作汙染、染黑義，集韻：「黗，都故切，音妒tò（ㄅㄛ3）」，音義皆可行，不過尚無用例。

河洛話tò（ㄅㄛ3），有時只是指透過去或沾染到，無關褒貶，屬中性詞彙【不像「黷」、「黗」作汙染義，屬消極貶義詞】，則應作「透」，廣韻：「透，他候切」，讀thàu（ㄊㄠ3）、thò（ㄊㄛ3），可轉tò（ㄅㄛ3），如「紙傷薄，寫字遂透過紙的後面」、「水彩慢慢透開去」、「落大雨，水透過壁」。

0778 肚蚓【土蠢、土蚓】

廣韻:「土,他魯切」,又注「徒古切」,都讀做thó(ㄊ
ㄛ2),雖今口語音讀「土」為thô(ㄊㄛ5),有學者仍以為不
可,以為thô(ㄊㄛ5)宜照古典用法,寫做「塗」,如此一來,
土地公寫做「土地公」,水泥寫做「紅毛塗」。

不過「土」口語仍可讀做tō(ㄉㄛ7),吾人不可不知。

方言:「東齊謂根曰土」,集韻:「詩豳風鴟鴞:徹彼
桑土,按根也,根在土,即謂之土」,據方言:「荄,杜,根
也」,說文通訓定聲:「土,根也,通作杜」,集韻:「杜,
根也,齊東曰杜」,方言三:「土,韓詩作杜」,由上可知,
「土」通「杜」,「土」可讀如「杜tō(ㄉㄛ7)」。

在日常生活中,將「土」字讀做tō(ㄉㄛ7)的,例如蚯
蚓,河洛話稱「土蠢tō-kún(ㄉㄛ7-ㄍㄨㄣ2)」、「土蚓tō-ún
(ㄉㄛ7-ㄨㄣ2)」,俗訛作「肚蚓」;躲藏在土洞中的土黃色蚱
蜢,河洛話稱「土蜢仔tō-meh-á(ㄉㄛ7-ㄇㄝㄏ4-ㄚ2)」,俗訛
作「杜伯仔tō-peh-á(ㄉㄛ7-ㄅㄝㄏ4-ㄚ2)」。

0779 大猴【杜狗】

　　沒抽菸習慣的人在抽菸時，煙在嘴裡兜一下下，立即吐出，根本沒吸入腹內，這往往會被笑說「大猴損五穀」，意思是耗損物資，只是奇怪，「大猴」和「損五穀」怎會扯上關係，若說「大猴損果子」還比較合理一些。

　　「猴」雖是雜食動物，一般仍以植物的果實、嫩芽、嫩葉為主食，對稻、麥、菽、稷、黍等五穀可就興致缺缺，「大猴損五穀」之說有待商榷。

　　「大猴損五穀」其實是「杜狗損五穀」，會產生此種訛誤，乃因「大猴tuā-kâu（ㄉㄨㄚ7-ㄍㄠ5）」和「杜狗tō-káu（ㄉㄛ7-ㄍㄠ2）」音近的關係。

　　方言十一：「蚗詣謂之杜蛒，螻螲謂之螻蛄，或謂之蟓蛉，南楚謂之杜狗，或謂之蛞螻」，可見「杜狗」與家畜貓狗的「狗」無關，牠是蟲的名字，即「螻蛄」，亦即危害農作極大，農家聞之色變的「夜盜蟲」，則「杜狗損五穀」的寫法便合情合理了，只是「狗káu（ㄍㄠ2）」口語訛轉kâu（ㄍㄠ5）。

　　「杜狗損五穀」作耗損物資義，指無意義的浪費行為。

0780 土香【杜香】

今猶記得童年時候，常與玩伴到野地挖掘一種草類的根，此草十分特殊，有一條特長的根直下地底，末端成橢圓球狀，有一股清香，我們稱它「土香tō-hiuⁿ（ㄅㄛ7-ㄏㄧㄨ1鼻音）」，它與土蚓、土蜢一樣，皆藏於土底，故以「土」名，不過此「土」字不讀thó（ㄊㄛ2），亦不讀thô（ㄊㄛ5），而讀tō（ㄅㄛ7）。

有以為「土香」即「杜蘅」 【以為「香」與「蘅」音近，音可通轉】，其實非也，杜蘅是馬兜鈴科香草，又名杜蘅、杜蓮、若之、楚衡、獵子薑、山薑、杜若，其葉似葵，形似馬蹄，俗名馬蹄香，與「土香」不同。

土香，即香附、莎草，又名大頭香，其塊根可中醫入藥，有健胃、鎮痛和調經的功效，本草綱目草三莎草香附子：「 【別錄】止云莎草，不言用苗用根，後世皆用其根，名香附子，而不知莎草之名也……其根相附連續而生，可以合香，故謂之香附子，上古謂之雀頭香，按江表傳，魏文帝遣使於吳求雀頭香，即此」。

說文通訓定聲：「土，根也，通作杜」，「土香」亦可作「杜香」。

0781　蚪蝌【蚪蛙】

　　河洛話口語音有時讀「土」為tō（ㄉㆦ7），如土蚓、土蛩、土香，此三者確與「土」息息相關，然河洛話稱青蛙幼蟲蝌蚪為「土蛙tō-kuai（ㄉㆦ7-ㄍㄨㄞ1）」則明顯欠妥，因蝌蚪生活水中，不在土裡。

　　有作「蚪蝌」、「蟲蛞」，為「蝌蚪」、「蛞蟲」之倒語，皆指蛙之幼蟲，然「蛞」讀入聲，調不合，「蚪蝌」一詞音義可行。

　　不過作「蚪蛙」更佳，「蛙」从虫圭ke（ㄍㆤ1）聲，口語讀ke（ㄍㆤ1），如水蛙【俗多作水雞】，音轉kuai（ㄍㄨㄞ1），按羅願爾雅翼云：「蝌蚪其狀如魚，其尾如針，又并其頭尾觀之，有似斗形，故有諸名」，所謂「諸名」指的是活師、活東、玄魚、懸針、水仙子、蝦蟆臺、蝌斗、蛞斗等名，後來「斗」寫做「蚪」，我們可以說，蝌蚪即指蚪【斗】狀的蛙，故稱「蚪蛙tō-kuai（ㄉㆦ7-ㄍㄨㄞ1）」。

　　蝌蚪亦名蝦蟆兒，俗亦稱蝌蚪為「蝦蟆蛙仔ha-mō-kuai-á（ㄏㄚ1-ㄇㆦ7-ㄍㄨㄞ1-ㄚ2）」，今仍流傳於河洛話口語中。

0782 拄著【抵著、適著】

「遇到」的河洛話說tú-tiòh（ㄉㄨ2-ㄉㄧㆦㄏ8），俗多作「拄著」。

按「拄」作扶、倚、掌、拒解，如拄杖、拄頤、拄喉下頭【撐著下巴】，「拄著」作支撐解，不作「相會」義，「拄著」和「遇到」完全不同。

tú-tiòh（ㄉㄨ2-ㄉㄧㆦㄏ8）宜作「抵著」，方言一：「抵，會也，雍梁之閒曰抵，秦晉亦曰抵」，戰國策秦策：「見說趙王於華屋之下，抵掌而談，趙王大悅」，抵掌，即雙掌相碰；韓愈送侯參謀赴河中幕詩：「雪逕抵樵叟，風廊折談僧」，抵，偶遇也。

「抵著」亦作「適著」，班彪王命論：「世俗見高祖興於布衣，不達其故，以為適遭暴亂，得奮其劍」，李善注：「適，遇也」；蔡邕傷故栗賦：「適禍賊之災人，嗟夭折以催傷」，適，亦遇也。

「適」讀tú（ㄉㄨ2），剛好即適可tú-hó（ㄉㄨ2-ㄏㆦ2），剛才即適繞tú-tsiah（ㄉㄨ2-ㄐㄧㄚㄏ4），謫話的「謫」，刀鏑的「鏑」，口語都讀tu（ㄉㄨ）音。

0783　鞋櫥【鞋儲】

　　說文：「儲，偫也」，王注：「偫，具也，謂蓄積以待用也」，廣韻：「儲，直魚切」，音tû（ㄉㄨ5）。

　　「儲」為動詞時，作置放解，如儲米、儲錢、儲藥、儲糧，不過如今河洛話卻已少用，今都說「貯té（ㄉㄝ2）」，應該是由「偫」衍伸而來，集韻：「偫，丈里切」，音tí（ㄉㄧ2），可讀té（ㄉㄝ2）。

　　「儲」為名詞時，指儲放之具，如儲書冊之冊儲，儲藥物之藥儲，儲衣衫之衫儲，儲鞋具之鞋儲，今則多作「櫥」，寫做冊櫥、藥櫥、衫櫥、鞋櫥。

　　「櫥」是後造字，康熙字典謂「櫥」為「廚」之俗字，本義作「櫝」，乃木櫃之屬，其實「櫥」算是「儲」的衍生字。

　　按「櫥」從木，指木製之櫥櫃，時至今日，櫥櫃材質已不限於木頭，金屬、塑膠、玻璃亦屬常見，「櫥」字反不適宜，用「儲」則皆適用，如鳥儲、狗儲、魚儲、菜儲、碗儲、鐵儲、塑膠儲、玻璃儲。

0784 大舌【滯舌】

愛說話的人，我們說他有一張「大嘴巴」；愛出風頭的人，我們說他得了「大頭病」；不知羞恥者，我們說他「大面生tuā-bīn-sîn（ㄅㄨㄚ7-ㄅˋ-ㄣ7-ㄒㄧㄣ5）」【係「大面生成」之略】；體型壯碩者，我們說他「大肢骨」；諸如此類，以「大」字來描述或形容一個人的特性，不但合理而且生動。

一個人說話結結巴巴，即俗稱的「口吃」，河洛話說「大舌tuā-tsih（ㄅㄨㄚ7-ㄐㄧㄏ8）」，此「大」字就顯得怪怪的，「大舌」字面上的意思是「大舌頭」，但大舌頭怎會與「口吃」有關？

「大舌」其實應作「滯舌」，按「滯」有不暢、阻礙義，「滯舌」即舌頭不暢，運用時易生阻礙，即所謂「口吃」。字彙：「滯，直帶切」，讀tuā（ㄅㄨㄚ7），音與「大」相同，「滯舌」遂被訛寫為「大舌」。

河洛話稱「口吃卻偏愛說話」為「滯舌興喋」或「滯舌興嘀」，不可作「大舌興喋」或「大舌興嘀」，「喋」、「嘀」讀做thih（ㄊㄧㄏ8），作言不止義。

0785 呼單【呼蛋】

　　小時我曾躲在蔗葉堆旁，仰看剛生過蛋而站在蔗葉堆上的母雞，無意間看到牠的肛門，天啊，其開合頻率之快，真是難以言狀，加上母雞的淒叫聲，不難想像母雞生蛋的痛苦與喜悅。

　　河洛話說一個人嘴巴像「雞母尻川」，指的就是剛生過蛋的母雞肛門，急速開合，動個不停，所謂「一支喙若雞母尻川」即指多嘴。

　　其實母雞不只在生蛋後叫，在生蛋之前，牠也叫，只是聲音大異其趣，生蛋前的叫聲舒緩平和，帶著些微不安和喜悅，牠一邊叫著，一邊在雞窩附近徘徊，左顧右盼，似乎警戒著什麼，然後突然銷聲匿跡，呵，躲到雞窩生蛋去了。

　　母雞生蛋前啼叫的行為，河洛話稱為「呼蛋kho͘-tuaⁿ（ㄎㄛ1-ㄉㄨㄚ1鼻音）」，取「呼叫要生蛋」義，俗訛作「呼單」。

　　字彙補：「蛋，徒嘆切，音但tān（ㄉㄢ7）」，俗多讀tàn（ㄉㄢ3），如皮蛋、蛋白質，口語音亦讀tuaⁿ（ㄉㄨㄚ1鼻音），如卵蛋【胚卵】、呼蛋。

0786 逮路【彖路、跟路】

河洛話說「揭香『tuè（ㄅㄨㄝ3）』拜」、「愛哭愛『tuè（ㄅㄨㄝ3）』路」,「tuè（ㄅㄨㄝ3）」,跟隨也。俗多作「逮【或作迨、追、隶】」,作追、及、與、捕、傳送義,其中追、及則有「追隨」義,義近「跟隨」。

高階標準臺語字典作「彖」,說文:「彖,从意也」,段注:「从,相聽也,彖者,聽从之意,隨从字當作彖,後世皆以遂為彖矣」,玉篇:「彖,今作遂」,故作「遂」亦通,惟「遂」字義繁複,易生歧義。

tuè（ㄅㄨㄝ3）作跟隨義,則不妨寫做「跟」,因為含「艮」聲根之另一形聲字「退」俗讀thè（ㄊㄝ3）、thuè（ㄊㄨㄝ3）,如退步、倒退;「跟」口語應可讀tè（ㄅㄝ3）、tuè（ㄅㄨㄝ3）,如愛哭愛跟路、揭香跟拜。【這和「偷」字異於逾、逾、瑜、輸、渝、榆,獨讀thơ（ㄊㄛ1),故「癒」可讀hó（ㄏㄛ2),如病癒;「貪」字異於矜、衿、紟、妗,獨讀tham（ㄊㄚㄇ1),故「今」除讀做kim（ㄍㄧㄇ1),還可讀做taⁿ（ㄅㄚ1鼻音),道理一樣】

「彖路」屬極古典用法,「逮路」屬古典用法,「跟路」則屬近代用法。

0787

椓居、盹龜
【盹軀、盵軀、頓軀】

　　河洛話稱「打盹」為tuh-ku（ㄉㄨㄏ4-ㄍㄨ1），臺灣語典作：「椓居，打盹也。詩周南：椓之丁丁。箋：椓，擊也；擊，打也。孝經：仲尼居。注：居，坐也。亦即著居，著椓一聲之轉」，意指坐時頭部點擊作欲睡狀。

　　若連氏所說合理，則「啄居」、「盵居」、「頓居」、「盹居」皆可行，啄tok（ㄉㄛㄍ4），叩也；盵tok（ㄉㄛㄍ4），點頓也；頓，叩也；盹，小睡也【正韻：「頓，當沒切」，音tok（ㄉㄛㄍ4），「頓」、「盹」皆以「屯」為形聲部位，口語可發相同的音】；皆與「椓」類似。

　　但「打盹」指閉目小睡，無關坐站，有人站著照常打盹，顯然未必與「居【坐】」字有關。另有一說，以為龜時常閉目小睡，老是一副疲憊模樣，故應作「盹龜」，但是俗亦譏打盹者為「盹龜雞仔」，又是龜又是雞，如何解釋是好。

　　tuh-ku（ㄉㄨㄏ4-ㄍㄨ1）其實宜作「盹軀【或盵軀、頓軀】」，指整個身軀在打盹【當然也包括頭部在內】，如「他上課盹軀」、「他是盹軀雞仔」。

　　按tuh（ㄉㄨㄏ4）、tok（ㄉㄛㄍ4）音可互轉，托、拓、速、暴……皆是。

0788 賭爛【突男、瀡男、抵攔】

每逢選舉，總聽說有人投「賭爛票」以表達心中的不滿，這「賭爛」兩字便來自河洛話tùh-lān（ㄉㄨㄏ8-ㄌㄢ7）。

有人以為lān（ㄌㄢ7）是雄性生殖器「男【卵】」，因此寫做「突男」、「鏑男」，按「突」、「鏑」讀tùh（ㄉㄨㄏ8），為男性性交動作，這使得詞句變得粗鄙下流，卻也表現出強烈的不滿情緒。有將tùh（ㄉㄨㄏ8）作tū（ㄉㄨ7）【八調、七調置前皆變三調，口語音一樣】，作浸泡義，寫做「瀡」，作「瀡男」，意指性交後男陰猶停浸陰道中，表示極度鄙薄之意，雖不似「突男」、「鏑男」強烈，卻也相當傳神。

有作「抵攔」，即抵拒且加攔阻【若用言語抵拒攔阻則作「詆攔」、「謫攔」】，因抵拒、攔阻皆具不滿義，故假借「抵攔」、「詆攔」、「謫攔」作不滿義。

以是故，俗說「吐槽tùh-tshàu（ㄉㄨㄏ8-ㄘㄠ3）」宜作「詆挫」，漢書蓋寬饒傳：「為文吏所詆挫」，後漢書賈逵傳：「恃其義長，詆挫諸儒」，詆挫，詆訐挫折之也，「挫tshò（ㄘㄜ3）」在此讀做tshàu（ㄘㄠ3）。

0789　話突【話詆】

　　雖然時至廿一世紀，婆媳問題似乎仍是揮之不去的老問題，前人留下的「一年新婦，兩年話突，三年師傅 【第一年還是新入門的乖巧媳婦，第二年已經會用話語來頂撞婆婆，第三年則爬到婆婆頭上，像師傅一般發號司令】」，仍然適用。

　　「話突uē-tùh（ㄨㄝ7-ㄉㄨㄏ8）」即以話頂撞。荀子王霸：「汗漫突盜以先之」，注：「突，謂相陵犯也」；三國魏曹植求自試表：「必乘危蹈險，騁舟奮驪，突刃觸鋒，為士卒先」，突，冒犯；趙與時賓退錄卷六：「淮右浮屠客吳，日飲於市，醉而狂，攘臂突市人，行者皆避」，突，衝撞也；可見「突」作冒犯、觸犯、陵犯解，廣韻：「突，他骨切」，讀thut（ㄊㄨㄉ4），口語音轉tùh（ㄉㄨㄏ8）。

　　「話突」亦可作「話詆」，作以話詆觸義，舉凡含「氐」字根之形聲字，大多可讀ti（ㄉㄧ）、tu（ㄉㄨ）、te（ㄉㄝ）的音，如低、邸、砥、柢、底、抵、牴、砥…等，「詆」屬言部，當用於語言行為，如詆毀、詆誚、詆謗、詆讕……等，皆作以言語陵犯義，「話詆 【或話諦】」亦即以話語詆觸。

他對台北去高雄

0790 【他自於台北去高雄】

「由甲到乙」、「由甲去乙」、「從甲到乙」、「自於甲至乙」、「自於甲向乙」等形式的語句，甲為起點，乙為終點，巧的是「由」、「從」、「自於【合讀tsuî（ㄗㄨㄧ5）或進而音轉tuî（ㄉㄨㄧ5）】」皆讀五調，置前皆變七調，而「到」、「去」、「至」、「向」皆讀三調，置前皆變二調，故河洛話有一個現象：「五調＋地點」表示起點，「三調＋地點」表示終點。

河洛話「他對台北去高雄」是說他從台北到高雄，「對台北」屬「三調＋地點」，應表終點，但台北卻是起點，顯然有問題。

史記石奮列傳：「對案不食」，李白將進酒：「莫使金樽空對月」，曹操短歌行：「對酒當歌，人生幾何」，「對」皆作「向」解，前述「案」、「月」、「酒」皆所向之終點，非所由之起點。

故「他對【讀tuî（ㄉㄨㄧ3）】台北去高雄」說法有問題，應作「他自於【合讀tuî（ㄉㄨㄧ5）】台北去高雄」。

0791　米篩目【米粞末】

　　本地有食品，係磨米成粉碎狀而製成者，其形狀似涼粉，稱bí-tai-bák（ㄅ'一2-ㄊㄞ1-ㄅㄚㄍ8），俗多作「米篩目」。

　　正字通：「篩，竹器，有孔以下物，去粗取細」，「篩」即竹篩，屬名詞；不過「篩」亦可作動詞，作以篩篩物義。按竹篩種類不一而足，其中用來篩米者即「米篩」，藉以篩物之「米篩孔」，即所謂「米篩目」，有大有小，多呈方形，故「米篩目」指米篩孔目，和本地食品bí-tai-bák（ㄅ'一2-ㄊㄞ1-ㄅㄚㄍ8）雖發音相同，實為完全不同的兩碼事，不宜混為一談。

　　食品「米篩目」宜作「米粞末」，集韻：「粞，米碎為粞」，廣韻：「粞，蘇來切，音鬖sai（ㄙㄞ1）」，晉書鳩摩羅什傳：「燒為灰末」，李白酬張司馬贈墨詩：「上黨碧松煙，夷陵丹砂末」，梅堯臣嘗新茶詩：「晴明開軒碾雪末」，以上「末」皆作細粉解，即所謂「粉末」，與糠通，讀buát（ㄅ'ㄨㄚㄅ8），「米粞末」即指碎米後所成的粉末，用此粉末所製成形似涼粉之食品亦稱「米粞末」。

0792 風篩【風颱】

　　北京話和河洛話互為倒語的例子不少，如北京話說「便利」，河洛話說「利便」；北京話說「模版」，河洛話說「版模」；北京話說「喉嚨」，河洛話說「嚨喉nâ-âu（ㄋㄚ5-ㄠ5）」；北京話說「手腳」，河洛話說「腳手」；北京話說「蘑菇」，河洛話說「姑蘑ku-mo͘（ㄍㄨ1-ㄇㆤ1）」……。

　　其中大家極為熟悉的，北京話說「習慣」，河洛話說「慣習kuàn-sì（ㄍㄨㄢ3-ㄒㄧ3）」，有人以「習sip（ㄒㄧㆴ8）」為入聲字，而改寫「慣勢」，其實「熠」、「慴」、「嶍」等含「習」聲根的形聲字都讀si（ㄒㄧ）音，「習」讀做sì（ㄒㄧ3）應屬合理的口語音。

　　另一大家熟悉的「颱風」，河洛話說「風颱hong-thai（ㄏㆲ1-ㄊㄞ1）」，有人改成「風篩」，以為颱風來襲，將東西瘋狂「篩」之，此說其實不佳，俗有「一雷破九颱」、「一雷九颱來」、「十月颱」，「颱」即「風颱」之略稱，若將「颱」改為「篩」，作「一雷破九篩」、「一雷九篩來」、「十月篩」，不妥處則明顯可見。

0793　坦腹【坦伏】

「東床坦腹」出自世說新語雅量：「郗太傅在京口，遣門生與王丞相書，求女婿。丞相語郗信：『君往東廂，任意選之』，門生歸白郗曰：『王家諸郎亦皆可嘉，聞來覓婿，咸自矜持；唯有一郎在東床上坦腹臥，如不聞』，郗公云：『正此好』，訪之，乃逸少，因嫁女與焉」。

但晉書王羲之傳述及此事，寫法稍異：「……唯一人在東床坦腹食，獨若不聞，鑒曰：此王佳婿。郗訪之，乃羲之也，遂以女妻之」。

如前，世說新語曰「坦腹臥」，晉書曰「坦腹食」，其「坦腹」之說同，「臥、食」之說異，「坦腹」即坦露腹肚，言王羲之坦率不做作，終於成為東床快婿。

河洛話說「身體俯臥」為thán-phak（ㄊㄢ2-ㄆㄚㄍ4），臺灣漢語辭典作「坦腹」，義不合，宜作「坦伏」，廣韻：「坦，平也」，集韻：「伏，偃也」，禮記曲禮上：「寢毋伏」，注：「伏，覆也」，「坦伏」即身體打平向下俯臥，廣韻：「坦，他但切」，讀thán（ㄊㄢ2），集韻：「伏，鼻墨切，音匐phak（ㄆㄚㄍ4）」。

0794 坦橫【躺橫】

或因「趴著臥」寫做「坦伏thán-phak（ㄊㄢ2-ㄆㄚㄍ4）」，遂有「坦橫tán-huaîⁿ（ㄊㄢ2-ㄏㄨㄞ5鼻音）」、「坦敧tán-khi（ㄊㄢ2-ㄎㄧ1）」的寫法。

按「坦伏」的「坦」作平坦解，亦作坦開解，「坦橫」、「坦敧」的「坦」亦可作平坦、坦開解，則「坦橫」即平而橫，或橫著舒坦開來，「坦敧」即平而傾斜，或傾斜著舒坦開來，河洛話的意思也確實是如此，如「他倒坦橫【他橫著躺】」、「他的頭坦敧無正【他的頭傾斜不正】」，故「坦橫」、「坦敧」應屬合宜寫法。

若寫做「躺橫」、「躺敧」，可行嗎？與「坦橫」、「坦敧」可互通嗎？按「躺」屬後造字，義同「臥」，中華大字典：「躺，假臥以舒體也，讀若倘thóng（ㄊㄛㄥ2）」，加上「躺」屬身部字，明顯的，「躺」的動作有限制性，即僅限於身體動作，故「躺橫」和「躺敧」指身體的橫躺與斜躺，「坦橫」和「坦敧」則無此限制，運用範圍較廣。

例如「心官攏坦橫」、「地動了後，次遂坦敧一平」，就不適合寫做「心官攏躺橫」、「地動了後，次遂躺敧一平」，但「睏坦橫」卻可以寫做「睏躺橫」。

0795 賺食【趁食】

　　臺灣漢語辭典：「掙錢曰tàn（ㄊㄢ3）錢，tàn（ㄊㄢ3）相當於賺」，又曰：「俗以靠微薄薪水度日為tàn（ㄊㄢ3）食，tàn（ㄊㄢ3）相當於趁」，同樣是tàn（ㄊㄢ3），同樣作掙取、獲得義，一作「賺」，一作「趁」，似無必要。

　　按，賺，有時是個消極貶義字，指以高價出售物品賺取暴利，集韻：「賺，市物失實」，正字通：「俗謂相欺誑曰賺」，就是河洛話說的tsuán（ㄗㄨㄢ2）【「賺」的河洛話口語音】，如「荷他賺三百去【被他賺去三百元】」。

　　tàn（ㄊㄢ3）宜作「趁」，典籍中例句極多，李有古杭雜記：「和靖東坡白樂天，三人秋菊薦寒泉，而今滿面生塵土，卻與袁樵趁酒錢」，邵璨香囊記：「這般趁得錢來，家里並無積蓄」，水滸傳第卅一回：「為是他有一座酒肉店，在城東快活林內甚是趁錢」，周密癸辛雜識續集：「農人皆相與結隊往淮南趁食」，何良俊四友齋叢說：「昔日原無游手之人，今去農而游手趁食者又十之二三矣」，水滸傳第廿九回：「但有過路妓女之人，到那裏來時，先要來參見小弟，然後許他去趁食」。

0796　散桶桶【散蕩蕩】

正字通：「桶，今圓器曰桶，合板為圍，束之以篾，設當於下」，「板」即桶身，係一塊塊板子合圍而成，「篾」即桶箍，用來固定桶身，「當」即桶底。

桶箍萬一斷裂，桶子便會四分五散，河洛話說四分五散為suàⁿ-tháng-tháng（ㄙㄨㄚ3鼻音-ㄊㄤ2-ㄊㄤ2），高階標準臺語字典便作「散桶桶」，意指像散開的桶子一般。「桶」本為名詞，疊字成「桶桶」而作狀詞，這和「定鐵鐵」、「利劍劍」、「在壁壁」、「熱火火」、「冷冰冰」的詞構一樣，為河洛話所常見。

「散桶桶」亦可作「散蕩蕩」，廣韻：「蕩，待朗切，音盪，養上聲」，可讀tháng（ㄊㄤ2），中文大辭典：「蕩，散也」，書盤庚下：「今我民用蕩析離居」，疏：「播蕩分析離其居宅」，左氏莊四：「余心蕩」，注：「蕩，動散也」，疊詞「蕩蕩」亦成詞，廢壞也，詩大雅蕩：「蕩蕩上帝」，箋：「蕩蕩言法度廢壞也」。

「散蕩蕩」一詞，於物，言物損壞而呈四分五散狀，於人，言人散漫而成放逸狂蕩狀，河洛話就這麼用。

重擎、通拐【**動宰、動舉**】

　　臺灣漢語辭典：「俗以抬不動為『未重擎 bē-thāng-kaiⁿ（ㄅ'ㄝ7-ㄊㅐ7-ㄍㄞ2鼻音）』」，賈島寄令狐綯相公詩：若擬修文卷，重擎獻匠人」。

　　其實 thāng-kaiⁿ（ㄊㅐ7-ㄍㄞ2鼻音）本為中性詞彙，作舉動【作為】義，但有時亦作消極貶義詞用，作胡亂作為義。

　　高階標準臺語字典作「通拐」，意指行徑與乖張相通，作貶詞用。

　　詞既與「舉動【作為】」有關，thāng（ㄊㅐ7）可作「動tāng（ㄅㅐ7）」，詞則可作「動宰」，墨子兼愛下：「是以股肱畢強，相為動宰乎」，閒詁：「詒讓案，宰疑當作舉。尚同中篇云，使人之股肱助己動作。動舉與動作義同」。故「動宰」即動舉，即動作，即作為，「宰tsái（ㄗㄞ2）」可音轉kaiⁿ（ㄍㄞ2鼻音）。

　　作「動舉」則更通俗簡明，「舉kí（ㄍㄧ2）」可音轉kaiⁿ（ㄍㄞ2鼻音）【與「采」兼tshí（ㄘㄧ2）、tshai（ㄘㄞ2）二音道理相同】，「動舉」即舉動，即動作，即作為，本為中性詞彙，俗有用作貶義用途，如「囡仔平時誠蛆蛆，一發病遂恬恬繪動舉」。

0798 妥起來【托起來】

人類手部動作極多，其中用力方向或動作向上者，如承sîn（ㄒㄧㄣ5）、提thê（ㄊㄝ5）、揭giàh（ㄍㄧㄚㆷ8）、擎giâ（ㄍㄧㄚ5）、捧phóng（ㄆㆲ2）、抨phâng（ㄆ㤠5）、托thuh（ㄊㄨㆷ4）、縣kuāⁿ（ㄍㄨㄚ7鼻音），皆為常見用字。

另有tháⁿ（ㄊㄚ2鼻音），指手自下將物托住，義與「托」同。「托」音thok（ㄊㆦㄍ4），如托身，亦讀thuh（ㄊㄨㆷ4），如托缽、托盤、托塔天王，不讀tháⁿ（ㄊㄚ2鼻音），高階標準臺語字典將tháⁿ（ㄊㄚ2鼻音）作「妥」，「妥」從爪女，爪在上，女在下，以手按女頭也，有安撫義，因古語常兼正反二義，「妥」亦兼「托」義，惟此義古罕見用，今所行者為別義。

或許tháⁿ（ㄊㄚ2鼻音）仍宜作「托」，雖韻書上「托」為入聲字，讀thok（ㄊㆦㄍ4）、thuh（ㄊㄨㆷ4），但與「托」具相同聲根的「妊」字，廣韻注：「妊，丑下切，馬上聲」，讀做thá（ㄊㄚ2），故「托」口語音讀做thá（ㄊㄚ2）、tháⁿ（ㄊㄚ2鼻音）亦屬合理。

0799 踢胸【斥胸、塞胸】

　　一個人因行為不檢或能力不足，被逐出團體之外，例如離開公司，或離開組織團體，我們說「被公司【或組織】踢出去」，河洛話則說「荷公司【或組織】『that（ㄊㄚㄅ4）』出去」，「踢」的河洛話語音剛好就是that（ㄊㄚㄅ4）。

　　可是河洛話說「that（ㄊㄚㄅ4）出公司」，卻不宜寫做「踢出公司」，「踢出公司」寫法現代感十足，卻嫌低俗嗆辣，河洛話典雅古意，有更佳的寫法，就盡量採用更佳寫法，那就是「斥出公司」。

　　集韻：「斥，遠也」，正字通：「斥，黜擯也」，漢書武帝紀：「無益於民者斥」，師古曰：「斥，謂棄逐之」，集韻：「斥，恥格切」，音thik（ㄊㄧㄍ4），口語音轉that（ㄊㄚㄅ4）。

　　俗喻得意忘形，甚至行為過當，曰「踢胸」，則應作「斥胸that-hing（ㄊㄚㄅ4-ㄏㄧㄥ1）」，言吃到食物充斥至胸，喻過分也，玉篇：「斥，充滿也」，或亦可作「塞胸that-hing（ㄊㄚㄅ4-ㄏㄧㄥ1）」，音義與「斥胸」同。

0800　踢倒街【塞堵街、窒堵街】

「踢倒街that-tó-ke（ㄊㄚㄅ4-ㄅㄜ2-ㄍㄝ1）」並非什麼奇怪的話，因為河洛話確實有此一說，意思是「街上到處都是」、「充斥在街道上」，言物之多也。

「踢倒街」這說法，一看就看出有問題，「街」如何踢得「倒」，就算「街」可以踢倒，和「街上到處都是」、「充斥於街道上」又有何關？

既然不宜用「倒」字，改用「到」字，作「踢到街」，適宜嗎？當然也不宜。

臺灣漢語辭典作「填到街」，後漢書張楷傳：「楷門徒嘗百人，賓客慕之，自父黨、夙儒，偕造門焉，車馬填街，從徒無所止」，惟韻書注「填」為平、上、去聲，不讀入聲，且「到」讀去聲，不讀上聲二調，作「填到街」，義合調不合。

其實應作「塞堵街」，「塞」俗白讀that（ㄊㄚㄅ4），如屁塞、塞車，「堵tó（ㄅㄜ2）」可轉tó（ㄅㄜ2），以「塞堵街道」喻「物之多」，音義皆合。

亦可作「窒堵街」，窒，窒塞也，「窒堵街」與「塞堵街」義同，廣韻：「窒，丁結切」，可讀tat（ㄅㄚㄅ4），可音轉that（ㄊㄚㄅ4）。

070

導開【敨開】

　　將侷促、緊繃的情況變成開闊、寬鬆的情況，將拘謹不開的狀況變成活潑開放的狀況，簡言之，即將「不開」的狀況變成「開」的狀況，河洛話便稱之為tháu（ㄊㄠ2），在此，tháu（ㄊㄠ2）是個標準動詞。

　　河洛話是極為精確的古典語言，一音往往寫成多字，以表達各種意義，例如phah（ㄆㄚㄏ4），可作撥電話的「撥」、相撲的「撲」、劈雷的「劈」、批折的「批」、拍球的「拍」……，同理，tháu（ㄊㄠ2）的用字也有分別，大抵分為兩種。

　　其一，與手部實體動作有關，tháu（ㄊㄠ2）作「敨」，集韻：「敨，展也」，廣韻：「敨，他口切」，讀tháu（ㄊㄠ2），因「敨」屬攴部字，與手有關，與手有關的tháu（ㄊㄠ2）可寫做「敨」，如敨開索仔結、敨機器、敨行李、敨禮物。

　　其二，與手部實體動作無關，tháu（ㄊㄠ2）作「導」，導，開也，通也，引也，口語讀tháu（ㄊㄠ2）【見0802篇】，如導火氣、導水、導運、導心結、導唭、誠久無導【久不近女色】、導無路【無處宣洩】，「導」亦作狀詞，如運誠導【運氣很開闊，很好】。

0802

搯水【導水】

「導」字可以發tháu（ㄊㄠ2）的音，因為「導」从寸道聲，讀如道，廣韻：「道，徒皓切，音稻」，集韻：「稻，土皓切，音討」，故「導」、「道」、「稻」、「討」口語同音，讀thó（ㄊㄜ2）。

向來韻部o（ㄜ）與au（ㄠ）存在通轉現象，如小、橋、蕉、表、照、頭、描、招、褒、老、笑……等可兼讀o（ㄜ）韻和au（ㄠ）韻，即可見一斑，「導thó（ㄊㄜ2）」亦可音轉讀tháu（ㄊㄠ2）。

導，疏導也，如將水疏導至別處，俗說導水tháu-tsuí（ㄊㄠ2-ㄗㄨㄧ2）、疏導siau-tháu（ㄒㄧㄠ1-ㄊㄠ2）、導泄tháu-sià（ㄊㄠ2-ㄒㄧㄚ3）；導，開導也，如導開心中的結，俗說導結tháu-kat（ㄊㄠ2-ㄍㄚㄅ4）、導開tháu-khui（ㄊㄠ2-ㄎㄨㄧ1）；導，通暢也，如通暢一下空氣，俗說導氣tháu-khui（ㄊㄠ2-ㄎㄨㄧ3）。

tháu（ㄊㄠ2），俗作「搯」、「透」，如搯開、搯結、透氣。廣韻：「搯，土刀切」，讀tho（ㄊㄜ1），一調，作「取」義，如搯錢、搯水、搯線、搯出，音義皆不合。而「透」讀三調，調不合。

0803

透攬【投濫】

將一物加入另一物之中，河洛話說參tsham（ㄘㄚㄇ1）、加ka（ㄍㄚ1）、撒suah（ㄙㄨㄚㄏ4）、糝sám（ㄙㄚㄇ2），如參水、加油、撒鹽花、糝痱仔粉。

另有透thàu（ㄊㄠ3），如透果汁，此寫法乃因「透」有徹義，即進入而充滿其內，如李商隱對雪詩：「寒氣先侵玉女扉，青光旋透省郎闈」。

另有攬lām（ㄌㄚㄇ7），如攬毒，作加入義，如夢溪筆談卷三：「取井水煮膠，謂之阿膠，用攬濁水則清」。

thàu（ㄊㄠ3）亦可作「投」，如投果汁、投蜜，作擲義，「投」白讀thò（ㄊㄜ3），如擲投去tàn-thò-kak（ㄅㄢ3-ㄊㄜ3-ㄍㄚㄍ8）、投棄去thò-khì-kak（ㄊㄜ3-ㄎㄧ3-ㄍㄚㄍ8），河洛話o（ㄜ）轉au（ㄠ）例子很多，如包、褒、搖、抱、告、橋、招、照、跳、小、笑、峭……，「投thò（ㄊㄜ3）」可轉thàu（ㄊㄠ3）。

lām（ㄌㄚㄇ7）亦可作「濫」，如濫毒，作加入義，如後漢書黨錮傳序：「諸為怨隙者，因相陷害……，濫入黨中」，紅樓夢第廿八回：「如此濫飲，易醉而無味」。

0804 頭早【透早】

增韻:「透,徹也,通也」,如透光、透視,因為是整個穿透,引申作周徧義,亦即全部、整個,河洛話運用極繁,如「透暝」即整夜,「透月」即整月。

河洛話亦有「透早thàu-tsá(ㄊㄠ3-ㄗㄚ2)」、「透中晝」詞,指的卻非整個早上、整個中午,而是極早、正中午。

按「透」可作極義,郝經青州山行:「酒散身逾困,饑透食有味」,紅樓夢第十七回:「不想虛弱透了的人,那裏禁得這樣抖搜」,二十年目睹怪現象第一百回:「管他真的假的,我只要透便宜的還他價」,金瓶梅詞話第七十八回:「原來何千戶娘子還年小哩,今年才十八歲,生的燈人兒也似,一表人物,好標致,知古博今,透靈兒還強十分」,紅樓夢第四十八回:「你且把他的五言律一百首細心揣摩透熟了,然後再讀一百二十首老杜的七言律」,豆棚閑話空青石蔚子開盲:「承領高教,不覺兩脅風生,通體透快」以上,「透」皆極也,則「透早」即極早,即一大早。

有作「頭早」,謂早晨之開頭,即極早,義可行,但「頭」讀五調,調不合。作「頭仔早」或可行,與「暗頭仔【黃昏】」寫法相似。

後頭【後儔】

　　女子出嫁後，稱娘家為āu-thâu（ㄠ7-ㄊㄠ5），一般都寫做「後頭」。

　　「後頭」是後面的意思，例如「有一條溪於山的後頭」、「莊社的前頭是田園，後頭是海」，「後頭」實與「娘家」無關。

　　所謂娘家，宜作「後儔【或後疇】」，「後」指後面，與前頭相對，對出嫁女子而言，面前的是夫家，背後的即是自己所出的娘家，故稱娘家時用「後」字。正字通：「儔，眾也，等類也」，儔列，同類也；儔侶，同輩也；儔倫，同類也；儔與，同伴也；儔類，同類也；儔儻，同類也；儔儷，品類相等也；女子本與娘家家人同類屬，嫁出後進入另一個類屬的夫家，以是故，稱娘家為「後儔」。

　　集韻：「儔，陳留切」，讀tiû（ㄉㄧㄨ5），因「留」口語讀lâu（ㄌㄠ5），則「陳留切」可讀tâu（ㄉㄠ5），音轉thâu（ㄊㄠ5）。

　　俗亦稱娘家為「後頭厝」，「厝」為陰宅，寫法不妥，有改作「後儔次」，「次」作房舍義，若改作「後儔處」，「處」作處所義，似更佳。

0806   投毒【毒毒】

放毒以毒殺人畜昆蟲，河洛話稱thāu-tȯk（ㄊㄠ7-ㄅㄛㄍ8），可作「投毒」，謂投置毒藥也，集韻：「投，大透切，音豆tāu（ㄅㄠ7）」，可轉thāu（ㄊㄠ7），不過俗亦略稱此「投毒」行為為thāu（ㄊㄠ7），若作「投」，則毒殺野狗即「投狗」，毒殺魚類即「投魚」，毒死人即「投死人」，毒殺蛔蟲即「投糞口蟲」，明顯不妥。

thāu-tȯk（ㄊㄠ7-ㄅㄛㄍ8）宜作「毒毒」，此與蓋蓋、擔擔、接接……一樣，為疊詞中所疊二字兩讀的例子，亦即「毒」讀thāu（ㄊㄠ7），亦讀tȯk（ㄅㄛㄍ8）。

廣韻：「毒，徒沃切，音礃tȯk（ㄅㄛㄍ8）」，如毒藥、下毒手、毒酒；集韻：「毒，待戴切，音代tāi（ㄅㄞ7）」，音轉thāi（ㄊㄞ7）、thāu（ㄊㄠ7），再說以「毒」為聲根的形聲字「纛」，廣韻注「徒到切」，音導tō（ㄅㄜ7），而集韻：「纛，或作翿、翢」，從以「周」為聲根的「調」、「雕」、「凋」、「鵰」，與以「壽」為聲根的「籌」、「儔」，皆可讀au（ㄠ）韻，皆可證明「毒」口語可讀thāu（ㄊㄠ7）。

前述諸詞若改作「毒狗」、「毒魚」、「毒死人」、「毒糞口蟲」，則音義皆合。

0807　扡開【眝開】

　　廣韻：「扡，離也」，中文大辭典：「扡，隨其理以析之也」，集韻：「扡，丑豸切」，讀thí（ㄊㄧ2），「扡」字北京話今已少用，河洛話卻仍有所聞，如「將批紙扡開【用手將信紙打開】」，「扡開胡蠅黐【用手將黏蒼蠅用的柏油紙打開】」。

　　「扡」字从扌，屬手部動作字，指手順著可行的理路解開物事，如扡開紅包、扡開紙張、扡開錦囊、扡開地圖。

　　俗亦說「張開眼睛」為thí-khui（ㄊㄧ2-ㄎㄨㄧ1），亦有作「扡開」，則不妥，因為張開眼睛無須用到手，用手部字「扡」不妥當，除非是用手指強將眼皮撐開，如「為著每點目藥膏，醫生將他的目珠扡開【為了要點眼藥膏，醫生用手將他的眼睛打開】」。

　　說文：「眝，一曰張眼」，文選陸機弔魏武帝文：「眝美目其何望」，注：「張目視曰眝」，廣韻：「眝，直呂切」，讀tí（ㄉㄧ2），可轉thí（ㄊㄧ2）。

　　「扡開」專用於手，「眝開」專用於眼，雖音同義近，卻不容混淆，以「扡目」、「眝目」相較，則其差異明矣。

0808 帖藥、拆藥【易藥】

　　中藥方俗稱「藥帖」，有以「帖」名詞動詞化，稱買中藥為「帖藥thiah-ióh（ㄊㄧㄚㄏ4-ㄧㄛㄏ8）」，然俗亦稱買票為「帖票」，則「帖」字突兀。

　　「買藥」亦有作「拆藥」，言買中藥時將藥方拆而合之，「拆票」則買票時將整本車票、船票撕拆分購，然錢莊早午兩市互相交易銀款亦稱「拆票」，異義。一般「拆」作解裂義，不作購買義。

　　易繫辭：「日中為市，致天下之民，積天下之貨，交易而退，各得其所」，最早人類商業行為乃「以物易物」，後來才「以錢易物」，「以物易物」的「易」作交換義，「以錢易物」的「易」則作購買義，以是故，買藥可寫做「易藥」。

　　「易」音iáh（ㄧㄚㄏ8），證諸踢、剔、揚、惕、裼、逷、鬄等以「易」為聲根的形聲字皆發th（ㄊ）聲母，「易」聲化應讀thiah（ㄊㄧㄚㄏ4），作交易購買義，且河洛話自成變化，如買油酒稱tah（ㄉㄚㄏ4）【如打油、打酒】，買穀糧稱tiáh（ㄉㄧㄚㄏ8）【如糴米】，買票藥稱thiah（ㄊㄧㄚㄏ4），其實都由「易」衍生來的。

贏你忝忝【贏你殄殄】

　　北京話「大大的贏你」，用河洛話說，最少有三種類似的說法，一為「贏你過過」，一為「贏你夠夠」，一為「贏你忝忝」，其中「忝忝」的寫法並不妥當，忝，辱也，義不合，且辭海：「忝，俗恆用為謙詞，如忝列門牆，謂有辱於人而列其門牆也；忝附葭莩，謂有辱於人而附為姻戚也」，「贏你忝忝」不但不是謙詞，甚至還是毫不客氣的誇詞，剛好相反。

　　「忝忝thiám-thiám（ㄊㄧㄚㄇ2-ㄊㄧㄚㄇ2）」宜作「殄殄」，說文：「殄，盡也」，爾雅釋詁：「殄，絕也」，因「殄」具絕盡義，故俗稱體力絕盡為「殄」，亦即所謂「疲倦」，如「他拍球二點鐘久，感覺誠殄」。

　　「殄」作疲倦解，屬引申取義，本義如說文所注：「盡也」，亦即極也，極盡也。贏很多，多到了極盡，即「贏殄殄」；輸很多，多到了極盡，即「輸殄殄」；欺負人很多，多到了極盡，即「欺負人殄殄」，或說「榨人殄殄【「榨」讀tsiáh（ㄐㄧㄚㆷ8）】」。

　　廣韻：「殄，徒典切，音忝thiám（ㄊㄧㄚㄇ2）。

0810 顛倒【癲倒、天偶、癲童】

一個人神智混亂，行為怪異，河洛話稱thian-thóh（ㄊㄧㄢ1-ㄊㄛㄏ8），俗多作「顛倒」。然「顛倒」詞義甚多，卻無癲狂、瘋癲義。

正字通：「顛，別作癲」，二刻拍案驚奇卷廿三：「此老奴癲癲倒倒，是個愚懂之人，其夢何足憑準」，此處「癲倒」就讀thian-thóh（ㄊㄧㄢ1-ㄊㄛㄏ8）。

高階標準臺語字典作「天偶」，天，秉性也，偶，不羈也，「天偶」即秉性偶儻不羈，或引申作癲狂義。

或可作「癲童」，癲，癲狂也，童，無知也，「癲童」即癲狂無知。

thian-thóh（ㄊㄧㄢ1-ㄊㄛㄏ8）俗亦略稱單一字，曰「癲【或顛、天】」、曰「童【或倒、偶】」，或再疊字成詞，曰「癲癲【或顛顛、天天】」、曰「童童【或倒倒、偶偶】」、曰「癲癲童童【或顛顛倒倒、癲癲倒倒、天天偶偶】」，因「天」、「倒」、「天天」、「倒倒」並無癲狂無知義，故thian-thóh（ㄊㄧㄢ1-ㄊㄛㄏ8）之造詞用字宜避開「天」、「倒」二字，如是則以「癲童」為最適宜。

換呫 【換帖】

「桃園三結義」是個家喻戶曉的故事，一直是個美談。

拜把兄弟也好，義結金蘭也好，刎頸之交也好，毫無血緣關係的人結為兄弟或姊妹，自古有之，廿一世紀的今日亦有之。

河洛話稱結拜兄弟姊妹為「結拜的」或「uāⁿ-thiap-ê（ㄨㄚ7鼻音-ㄊㄧㄚㄅ4-ㄝ5）」，有寫做「換呫的」。

穀梁莊二十七：「呫，未嘗有歃血之盟」，玉篇：「呫，穀梁傳曰未嘗有呫血之盟」，集韻：「呫，或作啑、歃」，廣韻：「呫，他協切」，讀thiap（ㄊㄧㄚㄅ4），故將結拜寫做「換呫」，意指結拜金蘭之時，一方呫過血後，換另一方呫血，正是歃血之盟的典型作法。

俗則多作「換帖」，主因是結拜之時必須書寫誓約帖或投名狀，互相交換，以示真誠，不過此法應晚於「換呫」。

「換呫」也好，「換帖」也好，能真情相待才重要，形式如何，又有何妨。

大舌興啼
0812 【滯舌興嘀、滯舌興喋】

　　有人口才好，滔滔雄辯，特愛講話，這不奇怪；有人口才差，卻也偏偏大嘴巴，愛說話，便被譏為「大舌興啼tuā-tsih-hìng-thih（ㄅㄨㄚ7-ㄐㄧㄏ8-ㄏㄥ3-ㄊㄧㄏ8）」，大舌，指舌頭滯澀難順，興啼，指愛說話。

　　興hìng（ㄏㄧㄥ3），喜愛也，如興觴酒、興唱歌、興蹉跎、興旅遊、興寫作。

　　至於「啼」，一般指號哭、鳥獸之鳴叫，不作說話解，將愛說話作「興啼」並不妥當，何況「啼tê（ㄅㄝ5）」讀五調，不讀入聲，調亦不符。

　　因滯舌者【即口吃者】說起話來嘀嘀咕咕，故口才差又愛說話，宜作「滯舌興嘀」，「嘀tsik（ㄐㄧㄍ4）」俗白讀tih（ㄅㄧㄏ8）、túh（ㄅㄨㄏ8），如「嘀嘀【亦屬疊詞二字二讀的例子】」、「嘀不知息【即說個沒完，「息」讀suah（ㄙㄨㄚㄏ4）】」的「嘀」，都如是讀。

　　亦可作「滯舌興喋」，集韻：「喋，多言也」，廣韻：「喋，徒協切」，讀tia̍p（ㄅㄧㄚㄅ8），惟「喋」與「碟」皆以「枼」為聲根，「碟」俗白讀tih（ㄅㄧㄏ8）【如碟仔】，「喋」口語亦可讀tih（ㄅㄧㄏ8）、thih（ㄊㄧㄏ8）。

0813 擲擲【擲去、忒去】

　　罵人無用，有若可棄之物，河洛話說thik-kak（ㄊㄧㄍ4-ㄍㄚ
ㄍ8），有作「擲擲」，以為屬一字連用二讀的疊詞，如懶懶lám-
nuā（ㄌㄚㄇ2-ㄋㄨㄚ7）、接接tsih-tsiap（ㄐㄧㄏ4-ㄐㄧㄚㄅ4）、
勸勸khuàn-khǹg（ㄎㄨㄢ3-ㄎㄥ3）、蓋蓋khàm-kuà（ㄎㄚㄇ3-ㄍㄨ
ㄚ3）、却却khioh-kak（ㄎㄧㄛㄏ4-ㄍㄚㄍ8）。

　　其中「却却」與「擲擲」同義，皆用來罵人無用，「却却」
其實宜作「可去」　【見0175篇】，故「擲擲」其實宜作「擲去」，
世說新語德行：「管寧華歆共園中鋤菜，見地有片金，管揮鋤與
瓦石不異，華捉而擲去之」，擲去，拋去也，原為動詞，轉作狀
詞時，引伸作「人無用有若可拋去之物」義。廣韻：「擲，直炙
切，音躑tik（ㄅㄧㄍ8）」。

　　其實「擲去」一詞的重點在「去」　【言人無用，「去」之可也】，
至於是丟、擲、投、扴……在其次，不過「去」字前不一定是動
詞，亦可加虛字「可」成「可去」，若加虛字「忒thik（ㄊㄧㄍ
4）」成「忒去【特別可去】」，似乎亦可。

0814 陰鴆、陰沈

【陰心、陰深、陰森】

教育部第二批閩南語推薦用字編號第廿四：「陰鴆【建議用字】對應華語陰沈【異用字】，音讀im-thim（一ㄇ1-ㄊ一ㄇ1）」，此說值得商榷。

其一，韻書注「沈」為二五七調，不讀一調，且「陰沈」俗多讀im-tîm（一ㄇ1-ㄉ一ㄇ5），不讀im-thim（一ㄇ1-ㄊ一ㄇ1）。

其二，im-thim（一ㄇ1-ㄊ一ㄇ1）指城府深，和城府惡不惡毒無關，作「陰鴆」不妥【「鴆」是一種毒】，且韻書注「鴆」為三五七調，不讀一調【不過廈門音新字典注一調】。

im-thim（一ㄇ1-ㄊ一ㄇ1）指城府深，亦即心機深，可作「陰心」，沙汀青棡坡：「他是出名的陰心人，……挨過群眾批評」。

城府深，亦可作「陰深」，張九齡敕安西節度王斛斯書：「此蕃姦計，頗亦陰深，……事儻不濟，即云無負」，韋應物黿頭山神女歌：「陰深靈氣靜凝美」。

作「陰森」亦可，雖偏向狀物，亦屬情境用詞，也算合宜。

「心、森」讀sim（ㄒ一ㄇ1），「深」讀tshim（ㄑ一ㄇ1），皆音近thim（ㄊ一ㄇ1）。

0815 相趁、相聽、相挺【胥佝、相徇】

公羊桓三：「胥命者何，相命也」，詩大雅桑柔：「載胥及溺」，注：「胥，相也」，可知「胥」、「相」互通，口語都讀sio（ㄒㄧㆦ1）。

河洛話說「相互聽從幫助」為sio-thīn（ㄒㄧㆦ1-ㄊㄧㄣ7），有作「胥佝」，按佝同徇，中文大辭典：「徇，順也，追隨也，從死也，圍繞也，保衛也」，與口語sio-thīn（ㄒㄧㆦ1-ㄊㄧㄣ7）之義相合，「胥佝」即「相徇」，即相互追隨、相互幫助，甚至全力護衛【徇，保衛也】、不離不棄【徇，圍繞也】、以死相許【徇，從死也】。廣韻：「徇，辭閏切」，讀sūn（ㄙㄨㄣ7），可轉sīn（ㄒㄧㄣ7）、thīn（ㄊㄧㄣ7）。

「相徇」俗亦作「相趁」，朱子春晴詩：「好趁春風入殿衛」，「趁」即作追隨解，不過廣韻：「趁，丑刃切」，讀thìn（ㄊㄧㄣ3），不讀七調，調不合。

「相徇」俗亦作「相聽」，作相互聽從解，不過廣韻：「聽，他定切」，讀thìng（ㄊㄧㄥ3），不讀七調，調亦不合。

「相徇」俗亦作「相挺」，指挺力相助，然「挺」讀thíng（ㄊㄧㄥ2），調亦不合。

0816　　脫、褪【蛻、毻】

　　「脫」、「褪」、「蛻」、「毻」四字音義相近，其運用又如何？

　　韻書注「脫」、「蛻」、「毻」三字讀音皆為「吐外切」，注「褪」讀「吐困切」，口語都讀thǹg（ㄊㄥ3），音可說是一樣。

　　中文大辭典：「脫，解也，解衣也」，字彙：「褪，卸衣也」，廣雅釋詁一：「蛻，解也」，廣雅釋詁一：「毻，解也」，四字字義也是一樣。

　　或因此，四字混用現象屢見不鮮，不過河洛話分別甚明，決不含混。

　　其一，「脫」讀入聲thuat（ㄊㄨㄚㄅ4），如脫手、脫開、脫逃。

　　其二，「褪」專用於解衣飾，如褪衫、褪褲、褪裙、褪鞋、褪襪仔、褪帽仔。

　　其三，「蛻」專用於蟲豸，如蛇蛻皮、蛇蛻殼、蟬蛻殼、蠶仔蛻皮。

　　其四，「毻」專用於鳥獸，如鴨仔毻毛、鳥仔毻毛、兔仔毻毛，章太炎新方言釋動物第十：「今淮南謂鳥獸易毛為毻毛」，庾信老子廟應詔書：「毻毛新鵠小，盤根古樹低」，毻毛即掉舊毛長新毛。

086

0817 承【傳】

俗以傳續血統為thñg（ㄊㄥ5），俗作「承」，按「承」作承受解，即後者承受前者之所傳，非前者傳與後者使有續，與thñg（ㄊㄥ5）義不符。

臺灣漢語辭典作「傳」，乍看似嫌鬆泛有欠嚴謹，其實誠為精確有本之說。

韻書注「傳」音有二：一是丁戀切，讀tuān（ㄉㄨㄢ7），如白蛇傳。一是重緣切，俗讀thuân（ㄊㄨㄢ5），如傳宗接代，然二音皆非thñg（ㄊㄥ5）。

韻書正式紀錄之讀音外，河洛話似有一個不見經傳的白話系統，自成規矩與體例，此「傳」字便是。

試看含「專」字之形聲字：「磚」白讀chng（ㄗㄥ1），如紅磚；「剸」白讀tíg（ㄅㄥ2），如剸臍；「轉」白讀tíg（ㄅㄥ2），如轉去。「傳」亦屬含「專」之形聲字，可白讀thñg（ㄊㄥ5），如傳三代，「傳」讀thñg（ㄊㄥ5）有所本也，非鬆泛之說。

就音轉實例觀之，uan（ㄨㄢ）可轉ng（ㄥ），如管、斷、軟、卷、勸、算、貫……，可謂例證斑斑，「傳thuân（ㄊㄨㄢ5）」本就可讀thñg（ㄊㄥ5），如傳後嗣。

0818　無每惛你【無每叨你】

左氏昭二十七：「天命不惛久矣」，注：「惛，疑也」，言長久以來，對天命即無所懷疑，或因無所懷疑，故亦無所招惹，俗遂有將「惛」作「招惹」義，屬衍生解釋，非「惛」字本義。

河洛話將「不想招惹你」說成bô-beh-tho-lí（ㄅㆤ5-ㄅㆤㄏ4-ㄊㆦ1-ㄌㄧ2），有作「無每惛你」【每，要也，音beh（ㄅㆤㄏ4），見0029篇】，廣韻：「惛，土刀切」，讀tho（ㄊㆦ1），音合，然「惛」除本來作疑義外，尚作喜、過、淫、慢、藏【與「慆」同】、久、亂等義，用於「無每惛你」，與口語語義皆不符合。

bô-beh-tho-lí（ㄅㆤ5-ㄅㆤㄏ4-ㄊㆦ1-ㄌㄧ2）宜作「無每叨你」，「叨」作貪、忝、濫等義，如叨光、叨沓、叨忝、叨昧、叨冒、叨恩、叨陪、叨貪、叨愛、叨擾，用於「無每叨你」、「他予人蔑叨得【他讓人惹不得】」、「叨無過手【沒得手】」、「若會叨得，緊下手【若可行，快下手】」，不管作叨擾【或招惹】、貪得義，義皆吻合，廣韻：「叨，土刀切」，讀tho（ㄊㆦ1），音亦合。

0819　托替【討替】

　　傳說中有些凶險之地，如某些海邊，某些路口，某些山中溪壑，總時常發生意外狀況，輕則鬧幾則靈異事件，重則出幾條人命，大家往往聞之色變，談之心驚，感到惶惶不安。

　　傳說只要時間一久，往往變得聳人聽聞，駭人之極，其中不乏冤死者陰魂不散，因無法轉世，便守住凶地覓尋替死鬼，以頂替自己，好讓自己得以順利投胎，這便是民間盛傳的「thó-thè（ㄊㄛ2-ㄊㄝ3）」之說。

　　thó-thè（ㄊㄛ2-ㄊㄝ3）一般有兩種寫法，一作「托替」，一作「討替」。

　　資暇錄：「蜀崔寧女，以茶杯無襯，病其燙指，遂製為茶托子」，「托」乃為承物之具，辭海亦曰：「以手承物曰托」，則「托」即承接，「托替」即「接替」。

　　中文大辭典：「俗謂索取曰討」，則「討替」即「索替」，換言之，即取得替換。

　　設甲鬼找乙人頂替自己，則甲鬼為「討替【索替者】」，乙人為「托替【承接者】」，故thó-thè（ㄊㄛ2-ㄊㄝ3）宜作「討替」，何況「托」為入聲字，調亦不合。

0820　一等紙【一通紙】

　　河洛話有量詞「thōng（ㄊㆲ7）」，用來指稱成疊之物，如紙張、書本、衣物，因音近thong（ㄊㆲ1），可否寫做「通」？

　　臺灣漢語辭典作「等」、「檔」，說文：「等，齊簡也」，段注：「齊簡者，疊簡冊齊之，如今人整齊書籍也，引伸為凡齊之偁，凡物齊之，則高下歷歷可見……」。如是說，則「重」亦可用，惟等、檔、重、疊義雖可通，「等」讀tíng（ㄉㄧㄥ2），「檔」讀tòng（ㄉㆲ3），「重」讀tiông（ㄉㄧㆲ5），調皆不合。

　　漢書劉歆傳：「及春秋左氏丘明所修，皆古文舊書，多者二十餘通」，杜甫可嘆詩：「群書萬卷常暗誦，孝經一通看在手」，李東陽南行稿序：「得百二十有六首，文五通」，南齊書張融傳：「今送一通故衣，意謂雖故，乃勝新也」，西遊記第廿二回：「忽見岸上有一通石碑」，蔣士銓桂林霜立祠：「豬頭一具，絹帛二通」。

　　可見指稱成疊物的量詞thōng（ㄊㆲ7），作「通」，如一通紙、一通冊。不過「通」讀做thong（ㄊㆲ1）時，亦可作量詞，如一通電話、一通電報。

0821　度想【土想】

　　想，是人類明顯有別於地球上其他動物之處，人類因為「想」特別發達，所以能開創並發展出各種文明，並且成為地球的主人。

　　「想」有各種不同的型式，如幻想、冥想、猜想、回想、空想、夢想、亂想……，河洛話甚至有「戇想」、「憨想」、「數想 【亦作素想，讀做siàu-siūⁿ（ㄒㄧㄠ3-ㄒㄧㄨ鼻音7）】」、「烏白想」、「用腳頭骭想」、「用肚臍想」，腳頭骭 【膝蓋】 和肚臍並不具「想」的能力，「用腳頭骭想」和「用肚臍想」就成了「連想都不用想」的意思，如「鳥鼠驚貓，用腳頭骭想乃知」、「鳥鼠驚貓，用肚臍想乃知」【「乃」讀lō（ㄌㄛ7）】。

　　河洛話還有一種「想」，叫做thó-siūⁿ（ㄊㄛ2-ㄒㄧㄨ7鼻音），指一種最單純最直接的「想」，沒經過精密的思考，沒經過仔細的推敲，俗有作「度想」，但「度想」是臆想，義有出入，且「度」讀七、八調，調亦不合。

　　「度想」宜作「土想」，河洛話有時用「土」字來指稱粗糙未加工之事物 【即原始狀態】，如土產、土著、土話 【粗話】、土人 【粗人】、土性 【粗率之個性】，「土想」亦是。

0822　吐氣【嘆氣】

　　「吸氣」和「吐氣」只是單純的呼吸動作，不含情緒，屬中性語詞，加「大」字後，「吸大氣」和「吐大氣」也只是動作大了些，還是不含情緒，還是中性語詞。

　　不過從「揚眉吐氣」、「吐悶氣」、「吐一口鳥氣」、「一吐怨氣」等句子來看，「吐氣」卻不只是把氣吐出來，而是一併將心中的情緒【亦稱為氣，好的如喜氣，不好的如悶氣、鳥氣、怨氣】傾瀉出來，變成帶情緒的語詞。

　　「吐」字河洛話有兩讀，一讀thò（ㄊㄛ3），如嘔吐，一讀thó（ㄊㄛ2），吐舌，前者指「物經口瀉出」，後者指「物自口伸出」，二者不盡相同。

　　或許正因如此，河洛話標準的反面情緒用語「嘆氣」，便與「吐氣」混用了，主因是「嘆氣」的口語音亦讀thò-khuì（ㄊㄛ3-ㄎㄨㄧ3），與「吐氣」讀音一樣，其實只要稍加比較，即知「嘆氣」和「吐氣」是兩回事，一來，「嘆氣」是情緒詞，「吐氣」是不含情緒的中性詞，二來，就算「吐氣」亦屬情緒詞，所吐之氣可能是好氣，也可能是不好之氣，與「嘆氣」明指反面情緒，是不一樣的。

0823 未肶胍得、未顊頔得【未投辜得】

　　俗以女子醜陋難看為bē-thò-ko͘-tit（ㄅ'ㄝ7-ㄊㆤ3-ㄍㆦ1-ㄉㄧ-ㄉ8），有作「未肶胍得」、「未顊頔得」，以為「未」與「得」無義，詞與「肶胍」、「顊頔」同，集韻：「肶胍，大腹貌」，廣韻：「顊頔，大面貌」，皆謂其醜也。

　　河洛話說bē-thò-ko͘-tit（ㄅ'ㄝ7-ㄊㆤ3-ㄍㆦ1-ㄉㄧ-ㄉ8），除指女子醜陋難看，另指東西味劣，難以下嚥，俗亦有說「未孝辜得」、「未祭辜得」，意思是說物品拙劣，不適合擺上供桌祭拜或孝敬亡魂，供亡魂享用。

　　河洛話「孝辜」、「祭辜」另引申作「吃」義，「未孝辜得」、「未祭辜得」指物品拙劣，令人吃不下去。若女子姿色奇佳，令人垂涎三尺，即所謂秀色可餐，反之，若女子姿色奇差，倒人胃口，令人「孝辜」或「祭辜」不下去，便稱「未孝辜得」、「未祭辜得」，這是河洛話特有的說法。

　　bē-thò-ko͘-tit（ㄅ'ㄝ7-ㄊㆤ3-ㄍㆦ1-ㄉㄧ-ㄉ8）宜作「未投辜得」，意謂不適合投給亡魂享用，詞型詞義與「未孝辜得」、「未祭辜得」差不多。

0824　脫窗【睉瞳、脫瞳】

　　眼神不正的人往往心術不正，不過有一種人天生眼神不正，這不能包含在內，因為這種人眼睛生來異樣，與眾不同，瞳人沒生在眼睛正中央，有的兩個瞳人往鼻梁靠，人稱鬥雞眼，有的僅一個瞳人偏斜，不管一個還是兩個瞳人偏斜，河洛話稱「目珠脫窗bák-tsiu-thuah-thang（ㄅㄚㄍ8-ㄐㄧㄨ1-ㄊㄨㄚㄏ4-ㄊㄤ1）」。

　　「目珠」即眼睛，「珠」本讀tsu（ㄗㄨ1），口語讀tsiu（ㄐㄧㄨ1），亦有作「目睛」，「睛」讀做tsing（ㄐㄧㄥ1），可音轉tsiu（ㄐㄧㄨ1）。

　　「脫窗」一詞顯得怪異，很難體會，就字面看，「脫窗」即窗子脫落，這與瞳人偏斜毫無關係，雖說眼睛為靈魂之窗，而「窗」讀thang（ㄊㄤ1），也無從解釋。

　　thang（ㄊㄤ1）不宜作「窗」，應作「瞳」，即瞳人，廣韻：「瞳，徒紅切，音同tông（ㄅㄛㄥ5）」，口語讀thang（ㄊㄤ1），如稱眼紅為「目瞳赤」【俗多作「目空赤」】。

　　thuah（ㄊㄨㄚㄏ4）宜作「睉」，說文：「睉，目不從正也」，或從俗寫做「脫」，如骨位不正稱「脫臼」一樣，瞳人偏斜不正便稱「睉瞳」、「脫瞳」。

0825 拆仔【屉仔】

「谷」从人口【浴缸】八【水珠】會意，即人於浴缸中洗澡，後加氵成「浴」，其實「谷」乃「浴」之古字，古音讀浴ik（一ㄍ8），如吐谷渾的「谷」即發此音。

「世」亦如是，「世」本象植物莖葉之形，後加木成「枼」，再加艹成「葉」，其實「世」乃「枼」、「葉」之古字，古音讀如葉iáp（一ㄚㆴ8）【或iáh（一ㄚㆦ8）、háh（ㄏㄚㆦ8）】，為入聲字。加上以「世」為聲根之形聲字，如泄、呭、紲、偛皆讀入聲，可以證知：「世」可讀入聲。

按，屉、屜、屉三字互通，不過韻書注三字皆「他記切」，讀thè（ㄊㄝ3），此三字以「世」為聲根，應可讀入聲，且以th（ㄊ）為聲，以ah（ㄚㆦ）為韻，應可讀thuah（ㄊㄨㄚㆦ4）【或thah（ㄊㄚㆦ4）、thiah（ㄊ一ㄚㆦ4）】。按，河洛話稱抽屉為「屉仔」、「屉抽」，稱蒸籠為「籠屉」，稱蒸籠蓋為「屉帽」，「屉」即讀thuah（ㄊㄨㄚㆦ4）。

thuah（ㄊㄨㄚ4）有作「拆」，音可行，惟稱抽屉為「拆仔」、「拆抽」，稱蒸籠為「籠拆」，稱蒸籠蓋為「拆帽」，義恐不可行。

0826 續攤【孿筵】

到了忙碌的時代，有些人總有很多交際應酬，甚至應酬的場子一個接一個，這種應酬場子一個接一個的現象，河洛話便說suà-thuaⁿ（ㄙㄨㄚ3－ㄊㄨㄚ1鼻音），俗多作「續攤」，寫法實不可取，因「攤」並無筵席或飯局義。

「續攤」宜作「孿筵」、「紲筵」【「孿」、「紲」讀suà（ㄙㄨㄚ3），見0666-0667篇】，「筵」即筵席、飯局，「孿筵」、「紲筵」即接續下去之筵席或飯局。

「延」白話音讀thuàⁿ（ㄊㄨㄚ3鼻音），作「散開蔓延」義，如水延開，以「延」為聲根的形聲字，很多都以t（ㄉ）、th（ㄊ）、n（ㄋ）、l（ㄌ）為聲，以uaⁿ（ㄨㄚ鼻音）為韻，如說話誇張荒謬稱「誕tuāⁿ（ㄉㄨㄚ7鼻音）」；如口水稱「涎nuā（ㄋㄨㄚ7）」【見0462篇】；如南方有蠻族名「蜑tuāⁿ（ㄉㄨㄚ7鼻音）【本讀tān（ㄉㄢ7）】」；「筵」的口語音則讀做thuaⁿ（ㄊㄨㄚ1鼻音）。

因之，和吃飯有關的「跑攤」、「吃攤」、「大攤」、「細攤」、「選舉攤」，應作「走筵」、「食筵【或即筵】」、「大筵」、「細筵」、「選舉筵」。

生淡【生傳、生延】

生物界藉以生生不息，在地球上存活數十萬年，甚至數百萬年，主要是憑靠「生sⁿ（ㄒㄧ1鼻音）」的行為，鳥禽類還加上「孵pū（ㄅㄨ7）」的行為，河洛話則將動物界「生」與「孵」的行為加諸人倫結構，將扮演傳宗接代的主要人物稱為「媳婦sim-pū（ㄒㄧㄇl-ㄅㄨ7）」。

不管「生」，還是「孵」，其主要目的在於「thuàⁿ（ㄊㄨㄚ3鼻音）」，即傳宗接代，或因此河洛話sⁿ-thuàⁿ（ㄒㄧ1鼻音-ㄊㄨㄚ3鼻音）成詞，俗多作「生淡」。

玉篇：「淡，大水也」，集韻引字林：「淡漫，水廣貌」，或因水能漫延滲透，乃被借來狀延續貌。

「生淡」宜作「生傳」，廣韻：「傳，丁戀切」，讀tuàn（ㄅㄨㄢ3），音轉thuàⁿ（ㄊㄨㄚ3鼻音），作傳遞延續義；亦可作「生延」，廣韻：「延，于線切」，讀uàⁿ（ㄨㄚ3鼻音），聲化讀做thuàⁿ（ㄊㄨㄚ3鼻音），作延伸義。

俗說水分子或黴菌的四散蔓延，則可作「傳開」、「延開」。

0828 一擎肚椎～椎【一擎肚鎚～鎚】

　　北京話的疊字狀詞，一般都是兩字一疊，如綠油油、黑漆漆、硬梆梆、軟綿綿……等，河洛話也是，如紅絳絳、白皙皙、散蕩蕩、利劍劍……不過河洛話更有三字連疊的狀詞，如開開開、重重重、暗暗暗、明明明……等，口語讀時往往三字音長不一，調值不同，相當特別。

　　有時三字疊詞連讀，中間字僅略讀韻部，聽起來好像是讀二字疊詞時故意將第一字拉長，如「一擎肚椎椎椎」，「椎椎椎」本應讀thuî-thuî-thuî（ㄊㄨㄧ5-ㄊㄨㄧ5-ㄊㄨㄧ5），卻略讀成thuî-i-thuî（ㄊㄨㄧ5-ㄧ2-ㄊㄨㄧ5），聽起來好像僅「椎椎」兩字，只是前「椎」字刻意拉長，變成「椎～椎」。

　　肚子鼓脹下垂其實不宜作「一擎肚椎～椎」，應作「一擎肚鎚～鎚」或「一擎肚垂～垂」，鎚，鐵鎚也，狀其重；垂，下垂也，象其往下垂吊貌。

　　俗亦有說「一擎肚肥～肥」，「肥」音huî（ㄏㄨㄧ5），指肚子肥大，與「一擎肚鎚～鎚」、「一擎肚垂～垂」有別。

0829 慢吞吞【慢鈍鈍】

　　「吞」是個動詞字，將之疊字則成「吞吞」，它似乎不像其它動詞疊字詞【如跑跑、跳跳、抱抱】來得普遍，大概我們看得到的用例，就只「慢吞吞bān-thun-thun（ㄅㆠㄢ7-ㄊㄨㄣ1-ㄊㄨㄣ1）」、「溫吞吞」。

　　「慢吞吞」是一個奇怪的詞，用「吞吞」形容慢，令人匪夷所思，一來動詞疊字竟成了形容詞，二來「吞吞」實在和「慢」扯不上關係。

　　「徐」和「慢」同義，河洛話便有「慢徐徐bān-sô-sô（ㄅㆠㄢ7-ㄙㆦ5-ㄙㆦ5）」的詞，意思就是慢吞吞。

　　「鈍」和「慢」同義，廣雅釋詁四：「鈍，遲也」，河洛話除了有「腳慢手鈍」、「腳手慢鈍」的詞，還有「慢鈍鈍」的詞，這「慢鈍鈍」其實就是「慢吞吞」的本尊，白話音讀做bān-thun-thun（ㄅㆠㄢ7-ㄊㄨㄣ1-ㄊㄨㄣ1）。

　　鈍，本作刀劍不利義，廣韻注讀「徒困切」，音tūn（ㄊㄨㄣ7），如腳慢手鈍、腳手慢鈍，不過口語亦讀tun（ㄊㄨㄣ1），如刀鈍去、慢鈍鈍，北京話訛作「吞」。

0830　蹖踏【疃踏】

「踏」的河洛話讀做táh（ㄅㄚㄏ8），河洛話的用法與北京話用法一樣，與「踐」、「蹈」義近，屬中性字。

不過當河洛話說thún-táh（ㄊㄨㄣ2-ㄅㄚㄏ8），卻是不折不扣的貶義詞，其義為恣意踐踏破壞，俗有作「蹖踏」。

廣韻集韻：「蹖，尺允切」，讀做tshún（ㄘㄨㄣ2），字彙：「蹖，乖舛也」，集韻：「蹖，雜也」，則「蹖」成為形容「踏」的狀詞，「蹖踏」即雜亂踐踏，音義與河洛話說法相合。

不過河洛話thún（ㄊㄨㄣ2），本身即指恣意踐踏，與「踐」、「蹈」、「踏」義近，屬貶義字，宜作「疃」，說文：「疃，禽獸所踐處也」，因禽獸踐物毫無節制，恣意而為，引伸作恣意踐踏義，如小孩子在床上亂踩亂跳，河洛話即說「囡仔疃眠床」，牛在菜園裡亂踩，河洛話即說「牛於園仔疃」，疃，為標準貶義字。

廣韻：「疃，吐緩切」，讀做thuán（ㄊㄨㄢ2），音轉thún（ㄊㄨㄣ2）。

囡仔豚【囡仔童】

河洛話稱未成年者為「豚thûn（ㄊㄨㄣ5）」，如稱小朋友為「囡仔豚」，稱青少年為「少年家豚」。

廣韻：「豚，徒渾切」，讀tûn（ㄅㄨㄣ5），段注：「豬，其子或謂之豚」，可見「豚」就是小豬，以小豬狀未成年者似無不可，如俗亦以「小犬」謙稱自己的兒子。

不過，若有更文雅的寫法，大可避免以「豚」稱未成年之小孩，則thûn（ㄊㄨㄣ5）可作「童」，釋名釋長幼：「十五曰童，女子之未笄者亦稱之也」，廣韻：「童，童獨也，言童子未有室家也」，正字通：「童，男十五以下謂之童子」。

「童，童獨也」，「童、獨」音同調異。釋名釋長幼：「牛羊之無角者曰童lut（ㄌㄨㄅ4）」，俗稱小牛為「牛童」，小雞為「雞童」，lut（ㄌㄨㄅ4）與thûn（ㄊㄨㄣ5）音近調異，與「童獨」音同調異的情況一樣。

「頓」白讀tòng（ㄅㄛㄥ3），如一頓白米；亦讀tùn（ㄅㄨㄣ3），如頓首；「童」俗讀tông（ㄅㄛㄥ5），如兒童；亦讀thûn（ㄊㄨㄣ5），如囡仔童；道理是一樣的。

0832 煙塵、煙痕、煙炱 【煙黗】

　　小時候，我做的家事裡頭，有一件是將鼎底的積煙刮除掉，河洛話稱這項工作為khe-ian-thûn（ㄎㄝ1-ㄧㄢ1-ㄊㄨㄣ5），俗有作「刣煙塵」。

　　「煙塵」一般指煙霧灰塵，或烽煙和戰場上揚起的塵土，或人煙稠密處亦稱之，杜甫為農詩：「錦里煙塵處，江村八九家」；亦有作風塵、灰燼，毛詩正義序：「秦正燎其書，簡牘與煙塵共盡」，「煙塵」即灰燼，然灰燼與鼎底積煙不同。將鼎底積煙寫做「煙塵」，欠當。

　　有作「煙痕」，亦不妥，「煙痕」指淡煙薄霧、香爐煙縷或鴉片膏造成之汙痕，如高爕卷窩吟：「吟嘯一爐香，靜對煙痕裊」，煙痕，香爐煙縷也，義不合。

　　漢語大詞典：「煙炱，煙氣凝成的黑灰」，義合，可惜音不合，廣韻：「炱，徒哀切，音臺tâi（ㄅㄞ5）」，不讀thûn（ㄊㄨㄣ5）。

　　ian-thûn（ㄧㄢ1-ㄊㄨㄣ5）宜作「煙黗」，廣雅釋器：「黗，黑也」，集韻：「黗，吐袞切」，音thûn（ㄊㄨㄣ5），「煙黗」指煙使之黑者，亦即積煙。

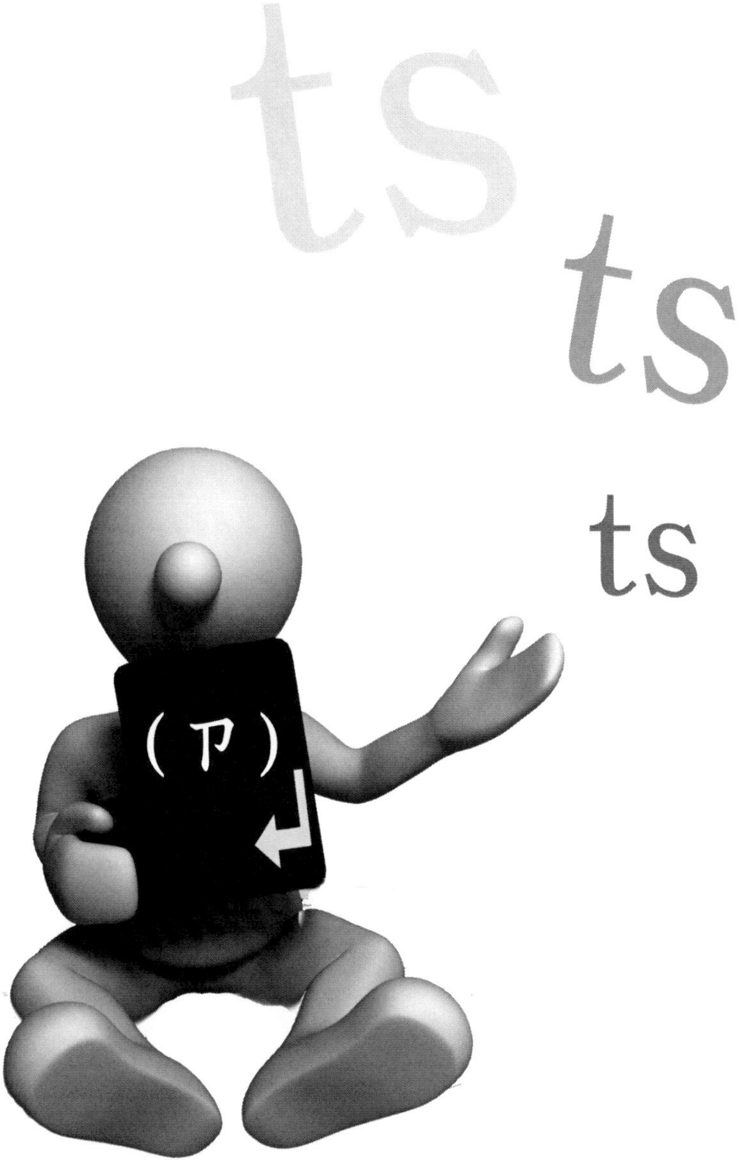
ts
ts
ts
(ㄗ)

諸夫、諸女【諸父、諸母】

　　「男」和「女」在文字發展上有三種組合，最早是「夫、女」，接著是「父、母」，然後是「男、女」，「男lâm（ㄌㄚ ㄇ5）」、「女lú（ㄌㄨ2）」是最後的定音。

　　河洛話保留古音，稱男為tsa-poo（ㄗㄚ1-ㄅㄛ1），稱女為tsa-bóo（ㄗㄚ1-ㄅˊㄛ2），應作「諸夫」、「諸女」，「諸」即眾，指泛泛男女。

　　「夫」从大一，象男人髻上插簪，廣韻：「夫，甫無切」，讀poo（ㄅㄛ1），「女」象女子屈膝、兩手相掩、背負包袱【如日本古裝女子，亦即唐朝女子之裝扮】，與「母」原為同語同字，古音bóo（ㄅˊㄛ2）。

　　及長，男執器做事，遂有「父」、「甫」、「男」等寫法，「父」从又【手】｜會意，象手持器具做事；「甫」从田父會意，父亦聲，象手持器具於田；「男」从田力會意，象出力於田；以上「父」、「甫」、「男」皆指男人。「女」為象形字，本指女子屈膝、兩手相掩、背負包袱之形，為人母後授乳，遂加兩點【雙乳】成「母」。

　　故婚前男女稱「諸夫」、「諸女」，婚後為人父人母之男女稱「諸父」、「諸母」，讀音一樣。

0834　囡仔栽【囡仔崽】

　　河洛話稱小孩子為「囡仔栽gín-á-tsai（ㄍ'ㄧㄣ2-ㄚ2-ㄗㄞ1）」，有說是專指「做種」用的小孩【即專做傳宗接代用】，說法毫無根據。

　　正字通：「栽，穉曰栽，長曰樹」，栽即指植物幼苗，如樹栽、瓜栽、花栽……，細稱則如菜瓜栽、蘭花栽、龍眼栽……，用「栽」指稱小孩雖無不可，但若有更合宜的字，當然應避此適用於植物的木部「栽」字。

　　tsai（ㄗㄞ1）可作「崽」，集韻：「崽，子也」，方言十：「崽者，子也，湘沅之會，凡言是子者，謂之崽，若東齊言子矣」，明焦竑俗書刊誤俗用雜字：「江湘吳越呼子曰崽」，潮汕方言：「崽，俗有二稱，一音宰……，一呼栽，如豬崽、魚崽、花崽，皆穉弱之義」，「崽」亦指幼小鳥獸，紅樓夢四十三回：「方纔你們送來野雞崽子湯……」，兒女英雄傳第五回：「……忽然聽得人聲，只道有人掏牠的崽兒來了」。

　　其實直接作「仔」亦無不可，廣韻：「仔，子之切」，音tsi（ㄐㄧ1），可轉tsai（ㄗㄞ1），只是「囡仔仔」詞中兩「仔」字必須異讀，易生混淆。

接棧、支載【接載】

「承接」、「承載」、「承受」都是同義複詞，吾人可將「承」、「接」、「載」、「受」看成義近的四個字，河洛話承sîn（ㄒㄧㄣ5）、接tsiap（ㄐㄧㄚㄅ4）、載tsài（ㄗㄞ3）、受siū（ㄒㄧㄨ7）亦是。

河洛話說「承受」，有時說成單音tsàn（ㄗㄢ3），如「承受不了」曰tsàn-bē-tiâu（ㄗㄢ3-ㄅㆤ7-ㄉㄧㄠ5），這「tsàn（ㄗㄢ3）」即為「載」，應無疑問。

不過河洛話說「承受」，有時亦說成複詞「tsih-tsàn（ㄐㄧㄏ4-ㄗㄢ3）」，如「承受不了」曰tsih-tsàn-bē-tiâu（ㄐㄧㄏ4-ㄗㄢ3-ㄅㆤ7-ㄉㄧㄠ5），這「tsih-tsàn（ㄐㄧㄏ4-ㄗㄢ3）」俗有作「接棧」，「接」字有理，但「棧」字則無據。

有作同義複詞「支載」，作支撐承載義，義可行，但集韻：「支，支義切」，音tsi（ㄐㄧ1），不讀三或四調【三調置前，與四調置前，皆變二調】，調不合。

其實應作同義複詞「接載」，作承接支載義，俗「接接」讀tsih-tsiap（ㄐㄧㄏ4-ㄐㄧㄚㄅ4），「接載」可讀tsih-tsài（ㄐㄧㄏ4-ㄗㄞ3）。

0836 代先、路尾【在先、落尾】

在一首名為「經歷基督作一切」的基督教河洛聖歌裡，有一段歌詞：「他是代先也是路尾，他是我的一切」，歌詞的意思是說「基督對真理、正義的實踐，在大家之先，也在大家之後，祂是大家一生的表率」。

其中「代先tāi-sian（ㄉㄞ7-ㄒㄧㄢ1）【在此「先」語讀sing（ㄒㄧㄥ1）】」即在前面，「路尾lō͘-bué（ㄌㄛ7-ㄅㄨㆤ2）」即在後面，互為對仗，但「代」作年代解，「路」作馬路解，雖皆名詞，以「代先」對「路尾」卻欠妥當。

在此「代先」宜作「在先」，「路尾」宜作「落尾」，先，前也，「在先」謂在大家之前；尾，後也，「落尾」謂落於大家之後。「在」、「落」皆動詞，互對，「先」、「尾」皆方位詞，互對，「在先」對「落尾」，平穩合理。

此處「在tsāi（ㄗㄞ7）」音轉tāi（ㄉㄞ7），致寫成「代」，這和「不十不七」俗說成「不達不七」一樣，「十tsa̍p（ㄗㄚㆴ8）」被說成「達ta̍t（ㄉㄚㆵ8）」。【按「事先」亦讀tāi-sing（ㄉㄞ7-ㄒㄧㄥ1），但與「落尾」難成對仗，因「事」、「落」不成對，故以「在先」為佳】

老神止止【老神在在】

　　河洛話說氣定神閒，毫不慌亂為「老神在在【「在在」讀做tsāi-tsāi（ㄗㄞ7-ㄗㄞ7）】」，其中「在在」因典籍多作「處處」解，如涅槃經：「在在處處，示現有生，猶如彼月」，楊萬里詩：「新晴在在野花香，過雨迢迢沙路長」，紅樓夢第五十八回：「種種不善，在在生事，也難備述」，故有改「老神在在」為「老神止止」。

　　莊子人間世：「瞻彼闋者，虛室生白，吉祥止止」，法華經方便門：「止止不須說，我法妙難思」，止止，靜止也，穩定也，不過廣韻：「止，諸市切，音芷tsí（ㄐㄧ2）」，作「老神止止」義雖合，調卻不合。

　　另有「再再」一詞，作「屢次」義，作「老神再再」，音合義不合。

　　其實仍以「在在」為宜，按「在」從土才，乃「才」之後造字，「才」從十／，「十」為柱，藉「／」以穩定，即植柱於地，河洛話稱tshāi（ㄘㄞ7），如在柱仔；後引申作「植設穩妥」義，亦即穩固安定，讀做tsāi（ㄗㄞ7），如成詞「自在」、「實在」，其實都暗含「穩妥」義；氣定神閒，毫不慌亂作「老神在在」，並無不妥。

0838 齪造【乍造】

　　「打擾」是一句客套話，一般用在造訪他人，或初見面時的禮貌性客套詞，河洛話說「打擾táⁿ-jiáu（ㄅㄚ2鼻音-ㄐ'一ㄠ2）」，或「攪擾kiáu-jiáu（ㄍ一ㄠ2-ㄐ'一ㄠ2）」，或「齪造tsak-tsō（ㄗㄚㄍ4-ㄗㄜ7）」。

　　「打擾」、「攪擾」與北京話的「打擾」差不多，很容易理解，但「齪造」則不易理解，廣韻：「齪，測角切」，讀tshak（ㄘㄚㄍ4），可音轉tsak（ㄗㄚㄍ4），作急促局陋解；集韻：「造，則到切」，讀tsò（ㄗㄜ3），不過口語音多讀tsō（ㄗㄜ7），作造訪解，就字面上看，「齪造」即為促迫的造訪。

　　「促迫的造訪」亦即是「突然的造訪」，如此一來，「齪造」亦可作「乍造」，集韻：「乍，即各切，音作tsok（ㄗㄛㄍ4）」，可音轉tsak（ㄗㄚㄍ4），增韻：「乍，暫也，忽也，猝也」，「乍造」即指事先沒有約定的突然拜訪，這有時會造成被拜訪者的不便，甚至不高興，變成不折不扣的打擾，確實是失禮之舉。

　　若拿「乍造」與「齪造」相比，「乍造」顯得簡淺通俗，要比「齪造」佳。

0839　有一站【有一暫】

　　「站」从立占聲，廣韻：「站，俗言獨立」，集韻：「站，久立也」，後作中途停駐之處，如驛站、車站，清會點兵部：「凡置郵，曰驛，曰站」，注：「軍報所設為站」，後來甚至以一段路程稱一站【古時以九十里為一站】，兒女英雄傳第三回：「華忠便同了公子，按程前進，不想一連走了兩站，那趕露兒也沒趕來」，故河洛話「有一站ū-tsit-tsām（ㄨ7-ㄐㄧㄣ8-ㄗㄚㄇ7）」，指一個站所，亦指一段路程，與「空間」有關，造句如「離風景區猶有一站路咧，咱小歇困一下」。

　　河洛話ū-tsit-tsām（ㄨ7-ㄐㄧㄣ8-ㄗㄚㄇ7）亦指一段「時間」，則不宜作「有一站」，應作「有一暫」，「暫」从日斬聲，與日【時間】有關，說文：「暫，不久也」，即「暫時」，短可作「猝」解，如漢書李廣傳：「暫騰而上胡兒馬」；長可到「一年半載」，如古詩為焦仲卿妻作：「卿但暫還家」。集韻：「暫，昨濫切」，讀tsām（ㄗㄚㄇ7），不過俗多讀tsiām（ㄐㄧㄚㄇ7），造句如「他已經有一暫時間無來矣，不知他的身體何若【「何若」讀做á-ná（ㄚ2-ㄋㄚ2），今音變án-tsuáⁿ（ㄢ2-ㄗㄨㄚ2鼻音），寫做「安怎」】」。

0840 斬節、準則、撙節【漸節】

　　一個人言行守分寸，有節制，河洛話即說ū-tsām-tsat（ㄨ7-ㄗㄚㄇ7-ㄗㄚㄅ4），俗多作「有斬節」。但「有斬節」寫法不妥，尤其「斬」字用得無理，試想：將節斬除不就「無節」了，無節制了，哪是ū-tsām-tsat（ㄨ7-ㄗㄚㄇ7-ㄗㄚㄅ4）？

　　有以為守分寸，有節制，即是守準則，故作「有準則」，此說義可行，但「準」讀二調，調不合。

　　或以為守分寸，有節制，即趨於法度，故作「有撙節」，此說義亦可行，但「撙」讀二調，調亦不合。

　　ū-tsām-tsat（ㄨ7-ㄗㄚㄇ7-ㄗㄚㄅ4）宜作「有漸節」，按「漸」為佛家語，指次第之道，與「頓」相對，大乘漸教：「依淺深次第之教法曰漸教」，「漸」即次第，即分寸。「節」亦為次第之道，舉凡陰陽、時日、文章、音樂、事件、物品皆有「節」，且因此形成法度。故「有漸節」即有漸有節，即有次第，有分寸，有法度，有節制，「漸」讀tsiām（ㄐㄧㄚㄇ7），音轉tsām（ㄗㄚㄇ7）。

0841　　讚、贊【雋】

時下有商品名「一度贊」者，取「第一好」義，「一度」係日語，即「第一」，「贊」讀北京音ㄗㄢˋ，和河洛話tsán（ㄗ ㄢ2）音一樣，意思是「好」。

三國志魏志許褚傳：「帝思褚忠孝，下詔褒贊」，贊，頌也，稱譽也，稱人之美也，與褒、頌同，屬動詞，廣韻：「贊，則旰切」，音tsàn（ㄗㄢ3），調不合。

一般稱許人之好，亦作「讚」，中文大辭典：「贊，或作讚」，「讚tsàn（ㄗㄢ3）」亦不讀二調。

河洛話的「tsán（ㄗㄢ2）」，即北京話的「好」、「佳」、「優」、「善」，屬狀詞，不宜作動詞「贊」、「讚」，宜作狀詞「雋」，集韻：「雋，子袞切，音臇tsún（ㄗㄨㄣ2）」，口語讀tsán（ㄗㄢ2）。

雋，鳥肥也，引申作美好義，與「俊」通，然「俊」讀三調，不讀二調，故tsán（ㄗㄢ2）亦不宜寫做「俊」。

「品德雋」、「有夠雋」與「品德讚【贊】」、「有夠讚【贊】」，哪種寫法比較「雋」呢？

0842 五層樓【五棧樓】

　　早期大新百貨公司號稱高雄最高建築，樓高五層，人稱「五層樓gō-tsàn-lâu（ㄍㆦ˫-ㄗㄢ˧-ㄌㄠˊ）」。

　　韻書注「層」為昨棱切、徂棱切、作藤切，讀tsîng（ㄐㄧㄥˊ），白讀tsân（ㄗㄢˊ），如層次、層峰、層出不窮，「層」讀平聲，不讀去聲，將gō-tsàn-lâu（ㄍㆦ˫-ㄗㄢ˧-ㄌㄠˊ）寫做「五層樓」，實在不妥。

　　gō-tsàn-lâu（ㄍㆦ˫-ㄗㄢ˧-ㄌㄠˊ）宜作「五棧樓」，「棧」音tsàn（ㄗㄢ˧），去聲三調，如客棧、棧房、貨棧，只是「棧」字不像「層」字之「重屋」義甚明，不過「棧」從木戔，戔亦聲，「戔」以重戈造字，有猬積義，文選東京賦：「旅束帛之戔戔」，薛注：「戔戔，委積之貌也」。

　　以木隔開地面而另成層級，即曰棧。一切經音義十五：「閣版曰棧」，宋史孫長卿傳：「上構危棧，下臨不測淵」，孟郊石淙詩：「弱棧跨旋碧，危梯倚凝青」，棧道也好，階梯也罷，皆層層重重，故「棧」具層疊義，「五棧樓」即五層之樓房。

114

0843　載力、增力【贊力】

　　韻書注「增」讀tsing（ㄐㄧㄥ）音一、七調，如增加、增添、增長，或因从尸曾聲的「層」字俗訛讀tsàn（ㄗㄢ3），如樓層、三層樓，故「增」亦被訛讀tsàn（ㄗㄢ3），如增力、增聲、增勢。

　　tsàn（ㄗㄢ3）宜作「贊」，作贊力、贊聲、贊勢，書大禹謨：「益贊于禹曰：惟德動天，無遠弗屆」，潘岳夏侯常侍誄：「內贊兩宮，外宰黎蒸」，陸游老學庵筆記卷五：「從弟思遠謂晏曰：兄荷武帝厚恩，一旦贊人如此事，何以自立」，贊即助，即從旁佐助。

　　按「贊」多作積極褒義詞用，如贊力、贊聲、贊勢，不作貶義用途。雖「贊」即助，即助長，與「增長」同義，「贊力」與「增力」同義，不過聲調不同，河洛話說tsàn-la̍t（ㄗㄢ3-ㄌㄚㆷ8），宜作「贊力」，不宜作「增力」。

　　「載力」亦讀tsàn-la̍t（ㄗㄢ3-ㄌㄚㆷ8），與「贊力」音同，但義不同，「贊力」為助贊以力，「載力」卻是支載之力，明顯有別，不宜混淆。

短褲襠仔

0844 【短褲節仔、短褲截仔】

臺灣漢語辭典：「俗以短褲為短褲tsáng（ㄗㄤ2），tsáng
（ㄗㄤ2）相當於襠、當。玉篇：襠，袴襠也。正字通：襠，袴
之當隱處為襠。六書故：襠，窮袴也。今以袴有當而旁開者為
襠。本單作當」。

按「褲襠」為褲子部位名，位於褲子兩腿相連處，亦即褲子
正面中間遮擋隱私部位之處，「短褲襠」應指褲襠較短的褲子，
即俗稱的「吊襠褲」，而非短褲。短褲應指褲腿兒【褲管】較
短，甚至只到大腿處的褲子。

從形體上看，去長褲褲腿之下半即成短褲，故「短褲」其實
指只一小節長的褲子，亦即「短褲節仔té-khò͘-tsat-á（ㄉㄝ2-ㄎㆦ3-
ㄗㄚㄅ4-ㄚ2）」，「節」置前變八調，音稍拉長就變一調，與二
調字置前變一調的結果一樣，當省略á（ㄚ2），「節」字置詞尾
不變調時，竟被還原讀成二調tsáng（ㄗㄤ2）。

中文大辭典：「斷物之一部分曰截」，故亦可作「短褲截
仔」，讀音相同，指截而使短的褲子，即短褲。

116

斬稻尾【翦稻尾、劗稻尾】

0845

「斬」和「翦」有時是互通的，如「斬草除根」亦作「翦草除根」，「披荊斬棘」亦作「披荊翦棘」，這或因為「斬」、「翦」都作斷解，且「斬tsám（ㄗㄚㄇ2）」與「翦tsián（ㄐㄧㄢ2）」聲音相近，都可音轉tsáⁿ（ㄗㄚ2鼻音）。

河洛話說「利用手段竊奪他人成果」為tsáⁿ-tiū-bué（ㄗㄚ2鼻音-ㄉㄧㄨ7-ㄅ'ㄨㄝ2），俗作「斬稻尾」，意指斬斷且收取他人田裡成熟的稻實。

「斬稻尾」者不勞而竊奪他人成果，素為人所不齒，但此處作「翦稻尾」要比「斬稻尾」佳，管子任法：「卿相不得翦其私」，宋書顧琛傳：「坐郡民多翦錢及盜鑄免官」，「翦」即竊奪，而且古代早就稱攔路搶劫的行為為「翦徑」，稱扒竊的行為為「翦綹tsián-liú（ㄐㄧㄢ2-ㄉㄧㄨ2）」，「翦」皆作攔斷竊奪義，「翦稻尾」的用法也是一樣。

漢書嚴助傳：「劗髮文身之民也」，晉灼曰：「淮南云，越人劗髮，張揖以為古翦字」，師古曰：「劗與翦同，晉說是也」，「翦稻尾」亦可作「劗稻尾」。

0846

什麼【拾沒】

人的個性千奇百怪，有的開朗，有的木訥，有的溫吞，有的急躁，有的粗枝大葉，有的百般挑剔。

如果一個人凡事追根究柢，百般挑剔，河洛話會說這個人個性「tsảp-mỏh（ㄗㄚㄅ8-ㄇㄛㄏ8）」，這tsảp-mỏh（ㄗㄚㄅ8-ㄇㄛㄏ8）怎麼寫？

tsảp-mỏh（ㄗㄚㄅ8-ㄇㄛㄏ8）的人因為凡事追根究柢，嘴裡最常說的一句話就是「什麼」，遇到這個問「什麼」，遇到那個也問「什麼」，旁人聽來，好像把「什麼」這個詞一直掛在嘴上。

中文大辭典「拾沒」條：「俗謂什麼也」，集韻：「不知而問曰拾沒」，兩般秋雨盦隨筆拾沒：「字典：不知而問曰拾沒」，「拾沒」乃「什麼」較古老的寫法，「拾」、「什」皆讀tsảp（ㄗㄚㄅ8），「沒」讀mỏh（ㄇㄛㄏ8），韻書注「麼」平、上聲，故tsảp-mỏh（ㄗㄚㄅ8-ㄇㄛㄏ8）宜作「拾沒」，而非後來的新詞彙「什麼」。

一個人開口「拾沒」，閉口「拾沒」，百般挑剔，大家便說他的個性「拾沒」。

0847 親情五十【親情五族】

　　一般來說，「親戚」泛指內外親屬，「親」謂族內之人，「戚」謂族外之人，河洛話則統稱「親情tshin-tsiâ（ㄑㄧㄣ1-ㄐㄧㄚ5鼻音）」，意指彼此間有親情牽連的一群人。

　　詞句異讀而得異義乃語言常事，「親情」一詞即是，有二讀，一讀tshin-tsîng（ㄑㄧㄣ1-ㄐㄧㄥ5），指親族間的感情；一讀tshin-tsiâ（ㄑㄧㄣ1-ㄐㄧㄚ5鼻音），指「親戚」，此現象不難理解，但「親情五十，朋友六十」這句話就令人難解了。

　　其實「親情五十」乃「親情五族」之誤，「族」音tsȯk（ㄗㄛㆽ8），被訛讀tsȧp（ㄗㄚㆴ8）【有些地方將「族譜」的「族」也讀做 tsȧp（ㄗㄚㆴ8）】，就因為這樣，而被訛寫成「親情五十」，甚至衍生出「朋友六十」的說法。

　　後漢書黨錮傳序：「而今黨人錮及五族，既乖典訓之文，有謬經常之法」，資治通鑑晉紀安帝隆安元年：「收殺觚者高霸程同，皆夷五族」，胡三省注：「五族，謂五服【指斬衰、齊衰、大功、小功、緦麻】內親也」，五族，指的就是親戚。

0848 雜念【雜唸、迭唸、喋唸】

　　河洛話說「雜念大家出慢皮媳婦」，指婆婆嘮叨往往培養出傲慢的媳婦，「大家」就是婆婆，「雜念tsáp-liām（ㄗㄚㄅ8-ㄌㄧㄚㄇ7）」就是嘮叨。

　　「雜念」寫法欠妥，它變成「雜七雜八的念頭」，雖東京夢華錄：「上橋上念經」，念，誦也，亦作唸，但「雜念」既會產生歧義，還是寫「雜唸」為佳。

　　「雜唸」乃雜七雜八的唸，東也唸，西也唸，聽久了，自然不加理會，最後媳婦就「慢皮bân-phuê（ㄅ'ㄢ5-ㄆㄨㄝ5）」了。

　　「雜唸」亦可作「迭唸」，迭，時常也，音tiáp（ㄉㄧㄚㄅ8），音轉tsiáp（ㄐㄧㄚㄅ8），「迭唸」即一再責唸。

　　「雜唸」亦可作「喋唸」，喋，多言也，廣韻：「喋，徒協切」，讀tiáp（ㄉㄧㄚㄅ8），音轉tsiáp（ㄐㄧㄚㄅ8），「喋唸」即嘮叨。

　　歇後語「澎湖菜瓜」稱「十稜tsáp-liām（ㄗㄚㄅ8-ㄌㄧㄚㄇ7）」，與雜唸、迭唸、喋唸諧音，抓住澎湖菜瓜十條稜起的特點，很有意思。

0849　藥劑【藥渣】

俗說「藥劑師」一詞時，「劑」讀三調，這是個誤讀音，其實「劑」應讀一調，廣韻：「劑，遵為切」，讀tse（ㄗㄝ1），如合劑、分劑、藥劑。

中文大辭典：「合成之藥曰劑，與齊通」，漢書郊祀志：「事化丹沙諸藥齊，為黃金矣」，漢書藝文志：「百藥齊合」，皆注「齊」與「劑」同。

河洛話說ioh-tse（一ㄛㄏ8-ㄗㄝ1）則有兩種不同的指陳，一為「藥劑」，指合成之藥，一為「藥渣」 【相對於「藥頭」】；一帖中藥藥劑一般集合多種藥材而成，頭次煎得之藥汁稱「藥頭」，第二次煎得之藥汁稱「藥渣」。

正字通：「渣，俗以為渣滓字」，中文大辭典：「凡物提去精華後，其殘餘者謂之渣滓」。

一帖中藥藥劑煎出藥頭後，藥劑已變成藥渣，再從此藥渣滓取殘餘精華，所得藥汁亦稱「藥渣」，而原藥渣 【指藥材】 則變成「藥粕ioh-phoh（一ㄛㄏ8-ㄆㄛㄏ4）」，藥粕精華盡失，一般都被丟棄。

0850 討債【投藉】

借人財物未償還稱「債」，因為有債，才有「還債」與「討債」之事。

不過「債」有時與財物無關，如感情債，河洛話有時便稱夫妻、親子、兄弟、朋友間「相欠債」，一方前來「討債【或還債】」，另一方則在「還債【或討債】」。

河洛話說thó-tsè（ㄊㄛ2-ㄗㄝ3），俗多作「討債」，指索討債務。

河洛話說thó-tsè（ㄊㄛ2-ㄗㄝ3），有時不指討債，而指浪費，指暴殄物資或奢侈濫用的行為，這時不宜寫做「討債」，應作「投藉」，「投藉」本作投擲踐踏義，進而引伸浪費，荀子王霸：「是故百姓賤之如佁，惡之如鬼，日欲司開而相與投藉之，去逐之」，注：「投，擿也。藉，踐也，一作投錯之」。

「投」作丟擲義時，口語讀tho（ㄊㄛ）二、三調，如擲投去tàn-thó-kak（ㄅㄢ3-ㄊㄛ2-ㄍㄚㄍ8）、投棄去thó-hì-kak（ㄊㄛ2-ㄏㄧ3-ㄍㄚㄍ8）。

廣韻：「藉，慈夜切」，音tsē（ㄗㄝ7），因「投藉」一作「投錯」，「藉」可讀如「錯tshè（ㄘㄝ3）」，讀成三調tsè（ㄗㄝ3）。

奢汰、莝汰
0851 【最汰、作獺、作撻】

奢侈會造成浪費，浪費會造成暴殄，俗奢侈、浪費、暴殄便被混談，甚至同義，這是語文常見的現象。

奢侈，河洛話說tsè-thuah（ㄗㄝ3-ㄊㄨㄚㄏ4），有作「奢汰」，汰，侈也，奢也，「奢汰」即奢侈，義合。「汰thuah（ㄊㄨㄚㄏ4）」音合，然「奢tshia（ㄑㄧㄚ1）」讀平聲，調不合。

有作「莝汰」，不知如何解義，至於讀音方面，韻書注「莝」平聲，調不合。

tsè-thuah（ㄗㄝ3-ㄊㄨㄚㄏ4）可作「最汰」，史記蕭相國世家：「高祖以蕭何功最盛」，廣韻：「最，極也」，最汰，極奢侈也，類似造詞如最兇、最惡、最橫、最霸、最儉等，廣韻：「最，祖外切」，音tsuè（ㄗㄨㄝ3），亦讀tsè（ㄗㄝ3）。

tsè-thuah（ㄗㄝ3-ㄊㄨㄚㄏ4）亦可作「作獺」、「作撻」，南唐近事：「張崇帥盧州，索錢無厭，嘗因燕會，一伶人假為死者，被遣作水族，冥司判云：焦湖千里，一任作獺」，按，以獺蹋音近取義，「作獺」即作蹋、作撻，即做踐蹧蹋，即浪費。

0852 多【濟、贅】

北京話「多」,河洛話說tsē(ㄗㄝ7),俗多作「濟」。

「濟」為狀詞時,作多、充足、齊全義;為動詞時,作增多義。白居易論行營狀:「實恐軍用不濟,更須百計誅求」,濟,多也,充足也;劉唐卿降桑椹:「為因延岑文武兼濟,刀馬過人,聖人見喜,官封太尉之職」,濟,齊全也。

疊「濟」字成「濟濟」,亦作多義,詩經大雅:「瞻彼旱麓,榛楛濟濟」,詩經大雅:「濟濟多士,文王以寧」,書經大禹謨:「濟濟有眾,咸聽朕命」,盧綸詩:「濟濟延多士,蹌蹌舞百蠻」,濟濟,多也。

有說「濟」用於單純多數,或正面、褒義之多數。用於負面、貶義之多數,作「贅」,因「贅」為狀詞,作多而無用義;為動詞,作增加義,如馮景賞菊記:「其駢枝贅葉必剪」,贅,多餘也;紅樓夢第卅八回:「底下又贅一個蘅字」;贅,增加也。

按韻書注「濟」、「贅」皆為tsè(ㄗㄝ3),讀去聲三調,口語卻都讀七調,音tsē(ㄗㄝ7),作多義。

0853　　　甘苦絕卦【艱苦罪過】

　　痛苦、辛苦，河洛話說kan-khó（ㄍㄢ1-ㄎㄛ2），俗作「甘苦」其實不妥。按「甘苦」之詞型雖屬反義複詞，如成敗、輸贏……等，卻不能略其義單指「苦」，而是兼含「甘」與「苦」，何況「甘」音kam（ㄍㄚㄇ1），不讀kan（ㄍㄢ1）。

　　「甘苦」宜作「艱苦」，漢書淮南厲王劉長傳：「大王不思先帝之艱苦，日夜怵惕……」，資治通鑑：「朕起於寒微，備嘗艱苦」，曾國藩金陵楚軍水師昭忠祠記：「君子之存心也，不敢造次忘艱苦之境」，艱苦即艱難危苦。

　　俗亦說「艱苦」為「艱苦絕卦」，作極為艱苦義，「絕卦tsėh-kuà（ㄗㄝㄏ8-ㄍㄨㄚ3）」其實應作「罪過」，「罪過tsuē-kò（ㄗㄨㄝ7-ㄍㄛ3）」口語音變tsē-kuà（ㄗㄝ7-ㄍㄨㄚ3），言艱苦之處境如受罪一般。

　　「過kò（ㄍㄛ3）」音轉kuà（ㄍㄨㄚ3），乃字尾a（ㄚ）化的結果，如非同小可的「可khó（ㄎㄛ2）」口語亦讀成khuá（ㄎㄨㄚ2）；如唱歌的「歌ko（ㄍㄛ1）」口語亦讀成kua（ㄍㄨㄚ1），道理是一樣的。

0854 滓底【齊底、坐底、止底】

　　河洛話稱「沉澱」為tsē-té（ㄗㄝ7-ㄉㄝ2），有作「滓底」，作渣滓沉底義，說文：「滓，澱也」，音tái（ㄉㄞ2），二調；釋名曰：「緇，滓也」，中文大辭典：「渣，滓也」，中華大字典：「滓，莊持切」，「滓」讀如「緇tsi（ㄐㄧ1）」、如「渣tsa（ㄗㄚ1）」，一調。沉澱作「滓底」，義合，但調不合。

　　釋名釋飲食：「沉齊，濁滓沉下，汁清在上也」，集韻：「齊，才諧切，音劑tsē（ㄗㄝ7）」，沉澱作「齊底」，音義可行。

　　中文大辭典：「坐，止也，本作坒，隸作坐」，說文：「坒，止也，從畱省从土，土所止也」，不正是「沉澱」？河洛話保留此古音義，故tsē-té（ㄗㄝ7-ㄉㄝ2）正是「坐底」。

　　坐，止也，「止」亦讀tsē（ㄗㄝ7），樹欲靜而風不止的「止」即白讀tsēⁿ（ㄗㄝ7鼻音），「坐底」亦可作「止底」。

　　俗亦說沉澱為tsē-tshing（ㄗㄝ7-ㄑㄧㄥ1），宜作「齊清」、「坐清」、「止清」。

0855　色水【色質】

　　說到「顏色」，河洛話有時說成單字詞「色sik（ㄒㄧㄍ4）」，如「妳買的衫，色有較紅」；有時說成兩個字sik-tsuí（ㄒㄧㄍ4-ㄗㄨㄧ2），俗多作「色水」，如「妳買的衫，色水有較紅」，不過「色水」的寫法令人難解。

　　sik-tsuí（ㄒㄧㄍ4-ㄗㄨㄧ2）其實應該寫做「色質」，廣韻：「質，之日切，音桎tsit（ㄐㄧㄅ4）」，如人質、物質、素質，不過在日常口語裡頭，「質」亦讀做tsí（ㄐㄧ2），如對質、布質、料質【以上「質」字，俗亦讀做tsit（ㄐㄧㄅ4）】。

　　tsí（ㄐㄧ2）和tsuí（ㄗㄨㄧ2）只差一個u（ㄨ）音，屬同一聲音系列，極易相互音轉【如喙齒的「喙」，俗有讀tshuì（ㄘㄨㄧ3），亦有讀tshì（ㄘㄧ3）】，因此「色質」除讀做sik-tsí（ㄒㄧㄍ4-ㄐㄧ2），口語亦讀做sik-tsuí（ㄒㄧㄍ4-ㄗㄨㄧ2），前者屬古音，後者屬近音。

　　色質，顏色之質性也，亦即色，「妳買的衫，色有較紅」等同「妳買的衫，色質有較紅」，要比「妳買的衫，色水有較紅」的寫法來得好。

0856 乞丐【乞者】

　　用河洛話命名的「乞丐团仔」曾是一本暢銷書，不過書名夾雜北京話和河洛話，不甚妥當。

　　「乞丐」是北京話，指一種靠乞討維生的人物，「团仔」是河洛話，也指一種人物，即小孩子，「乞丐团仔」合起來還是一種人物，即兒童乞丐。

　　「乞丐」的河洛話說成khit-tsiah（ㄎㄧㄅ4－ㄐㄧㄚㄏ8），是個名詞，指乞討者，很多人將它寫成「乞食」，這值得商榷，因為「乞食」的意思是乞討食物，是動詞，不是名詞，不過將「乞丐团仔」寫成「乞食团仔」，在文法上倒沒問題，比原先兩個名詞湊在一起的「乞丐团仔」來得好。

　　khit-tsiah（ㄎㄧㄅ4－ㄐㄧㄚㄏ8）其實有兩種寫法，一是動詞「乞食」，一是名詞「乞者【「者」讀tsiá（ㄐㄧㄚ2）】」，應分清楚，不可混淆。

　　「有一個『乞者』出外四界『乞食』」、「四界『乞食』的人就是『乞者』」，從這兩句話，「乞者」和「乞食」的分野便很清楚了。

吃紅【酢紅、謝紅】

　　筆者有一次去朋友家串門子，一進門，但見煙霧瀰漫，殺聲震天，原來友人正在進行方城之戰，筆者只好在一旁看書，不久，友人突然給我一張百元大鈔，喜孜孜說：「給你吃紅」，呵，不收還不行呢。

　　「吃紅tsiȧh-âng（ㄐㄧㄚㄏ8-ㄤ5）」應該也算是一種分紅行為，「紅」是指收益，將收益分享給別人，或分享他人的收益，就是所謂「分紅」。

　　「吃紅【有以為應作「食紅」，其實亦不妥】」的「紅」一般屬非正當或意外之財，如彩券所得或賭局所得，分紅的形式一般有二，一是分給賭場主人或彩券行老闆，算是向提供收益機會者表示回饋的酬謝行為，這種「吃紅」其實是「謝紅」，「謝」俗讀tsiā（ㄐㄧㄚ7）；一是分給周遭親朋好友，算是利益均霑，有福同享的酬酢行為，這種「吃紅」其實是「酢紅」，廣韻：「酢，在各切」，可白讀tsiȧh（ㄐㄧㄚㄏ8）。

　　「謝之以紅」也好，「酢之以紅」也好，都要比「吃之以紅」、「食之以紅」來得好，若作「吃紅」、「食紅」，說不定是送給你一顆紅蛋吃呢。

0858 　　　　分家【分食】

　　「家」不但是個重要的字,它代表你、我、大家一生最重要的一處依靠,「家」還是一個有趣的字,從字的結構看,「家」從宀豕會意,「宀」即房屋,「豕」即豬,則「家」即「豬舍」。怎會這樣呢?我們與家人住的地方怎會是「豬舍」?

　　豬這種動物,肉多、味美、成長快速,且不似虎狼凶狠,在畜牧時期人類早就開始養豬,為確保豬隻安全,豬當然養在住家附近,故有「豬舍」之處必有「人家」,於是「豬舍」便和「人家」畫上等號,此一說也。

　　或說「豬舍」就跟「家」結合在一起,地面一樓養豬,人住二樓,今越南還可看到這種房屋。

　　家是大家生活的中心,但人長大後得離開家自立門戶,即所謂「分家」,河洛話說pun-tsiàh(ㄅㄨㄣ1-ㄐㄧㄚㄏ8),但「家」讀一調,不讀八調,調不合。

　　pun-tsiàh(ㄅㄨㄣ1-ㄐㄧㄚㄏ8)俗多作「分食」,看似無理,其實是「分開食」的略說,言兄弟分開爨食,各自獨立,這不正是「分家」的本意?

0859 呷百二、食百二、嚼百二【即百二】

祝壽語「祝你『呷百二tsiáh-pah-jī（ㄐㄧㄚㄏ8-ㄅㄚㄏ4-ㄐ'ㄧ7）』」，「呷百二」即「活到一百二十歲」，在祝人「長壽」。

說文：「呷tsiáh（ㄐㄧㄚㄏ8），吸呷也」，如呷湯、呷茶、呷果汁，若「呷百二」寫法可行，則「食百二」亦可行，中文大辭典：「食tsiáh（ㄐㄧㄚㄏ8），用餐也，食用也，啗也，茹也」，即北京話「吃」，同理，「嚼百二」亦可行，釋文：「嚼tsiáh（ㄐㄧㄚㄏ8），咀也」，亦含「吃」義。

「呷百二」、「食百二」、「嚼百二」，音同義同，但「呷【食、嚼】」與「百二」結合成詞，顯得突兀【除非是「呷及百二歲」省略「及kah（ㄍㄚㄏ4）」、「歲」的結果】。

其實此處tsiáh（ㄐㄧㄚㄏ8）並非「吃」，而是「到」，不是「呷【食、嚼】」，而是「即tsiáh（ㄐㄧㄚㄏ8）」。

即，到也，如即位、即席；亦近也，如不即不離；不管是「到」是「近」，祝人家「即百二」，肯定是吉祥的祝壽語。
【按「即」亦作食義，此處「即」作到義，不作食義】

131

0860 抽煙【呷薰】

北京話「抽煙」這個詞怪怪的，試問：「煙」如何「抽」？

「煙」是虛無飄渺之物，和雲霧相似，並非「香菸」，故「抽煙」應改作「抽菸」。

但「抽菸」一詞還是怪怪的，「抽」是手部動作字，謂以手拔出或引出，抽菸即「用手抽出香菸」，若將「抽菸」改作「吸菸」，這樣就通了。

「吸菸」河洛話說suh-hun（ㄙㄨㄏ4-ㄏㄨㄣ1），寫做「嗽薰」，亦有說tsia̍h-hun（ㄐㄧㄚㄏ8-ㄏㄨㄣ1），則宜作「呷薰」。

說文：「呷，吸呷也，從口甲聲」，說文長箋：「吸而飲曰呷」，鄭震飲馬長城窟行：「朝呷一口水，暮破千重關」，可見呷有「吸食」義，但無「嚼食」義，河洛話說「呷湯」、「呷茶」、「呷薰」，用「呷」字是可成立的，但「呷肉」、「呷飯」、「呷菜」、「呷魚丸」則不成立。

將「呷薰」改作「即薰」、「食薰」亦不妥當，「即」、「食」等同北京話「吃」，乃咀嚼而吞食之義，不宜用於吸菸。

0861　偷吃步【偷詐步】

　　運用巧詐手段，河洛話說「使用『thau-tsiah-pō（ㄊㄠ1-ㄐㄧ
ㄚㄏ8-ㄅㄛ7）』」，俗多作「偷食步」，河洛話「食」即北京話
「吃」，於是衍生一句臺灣國語「偷吃步」。

　　就字面看，「偷食步」應指偷吃的手段，與運用巧詐手段是
兩回事，作「偷食步」實不妥，尤其「食」字用得極不合理，不
過「偷」字倒用得傳神，終究「巧詐」之術不得堂皇行使，只能
偷偷進行。

　　thau-tsiah-pō（ㄊㄠ1-ㄐㄧㄚㄏ8-ㄅㄛ7）宜作「偷詐步」，
「偷詐步」指不光明的狡詐手段，雖俗多讀「詐」為tsà（ㄗㄚ
3），如奸詐、詐術，事實上「詐」亦讀入聲，類篇：「詐，疾
各切」，可白讀tsik（ㄐㄧㄍ8）、tsiah（ㄐㄧㄚㄏ8），一些含
「乍」的形聲字，如油炸粿的「炸」、酢來酢去【以宴飲相應酬，或
作「酢來酢去」】的「酢【醋】」，俗都白讀tsiah（ㄐㄧㄚㄏ8）。

　　「詐」口語可讀tsiah（ㄐㄧㄚㄏ8），如詐偷、詐錢官、
詐三百萬、詐了了、詐銅詐鐵、詐人夠夠【或榨人夠夠】，都是
大家耳熟能詳的話。

0862

食虧【著虧】

俗話說：「吃虧就是占便宜」，所謂吃虧，即遭受虧蝕、遭受損害，因河洛話將「吃」說成「食tsiáh（ㄐㄧㄚㄏ8）」，所以北京話「吃虧」，河洛話便寫做「食虧」，臺灣語典卷二：「食虧，則受虧。易：食舊德，貞厲終吉。註：食，受也」，漢書谷永傳：「不食膚受之愬」，師古注：「食，猶受納也」，可見「食」可作遭受解，不一定作吃解，北京話將「食虧」寫做「吃虧」，其實不妥【試想：「虧」又如何吃】。

「食」作遭受解，屬較古老的用法，河洛話是古老語言，仍沿用此用法，如食力【受力】、食扑【受打】、食苦【受苦】……等，不過因「食」亦作吃義，便衍生出北京話的吃力、吃打、吃苦……等一些「怪詞」。

將「著」作遭受解，則屬晚近用法，如北京話的著涼、著魔、著小偷、著白眼……，河洛話「著」白讀tsiáh（ㄐㄧㄚㄏ8），若將食虧、食力、食扑、食苦寫做著虧、著力、著扑、著苦，即成晚近寫法，亦可，且較通俗平易，比吃虧、吃力、吃打、吃苦的寫法也來得好。

0863 吃來吃去
【酢來酢去、飵來飵去】

　　生活中交際應酬是難免的，今天你做東，明天我做東，大家有個互相，這現象河洛話說「吃來吃去tsiàh-lâi-tsiàh-khì（ㄐㄧㄚㄏ8-ㄌㄞ5-ㄐㄧㄚㄏ8-ㄎㄧ3）」。

　　按「吃」字从口乞聲，讀如乞khit（ㄎㄧㄉ4），字音與「喫」、「齧」、「嚙」相近，字義則與中古字「唂」相近，故現在大家不寫「吃來吃去」，而寫「食來食去」。

　　「食來食去」是個十分中性的詞，沒有應酬意涵，和今天你做東，明天我做東的請客模式無關，例如「食來食去，無三項物件好食，實在誠無趣味」、「食來食去，亦是米粉炒上好食」，句中的「食來食去」指一般飲食行為，並無應酬意味。

　　表示應酬的「食來食去」應寫做「酢來酢去」，或「飵來飵去」，易經繫辭上：「是故可以酬酢」，注：「酬酢，猶應對也」，方言一：「凡陳楚之郊，南楚之外，相謁而飱，或曰飵」，韻書注「酢」、「飵」為「在各切」，讀tsók（ㄗㄛㄍ8）、tsik（ㄐㄧㄍ8），可轉tsiàh（ㄐㄧㄚㄏ8），同以「乍」為聲根的形聲字「炸」，口語亦讀tsiàh（ㄐㄧㄚㄏ8），如油炸粿的「炸」即讀此音。

0864

針鑽【尖鑽、尖儹】

　　河洛話稱善於鑽營的行為特質為tsiam-tsǹg（ㄐㄧㄚㄇ1-ㄗㄥ3），臺灣語典作「針鑽」：「謂善牟利；如針之鑽物也」，此係自臆之說，雖似成理，卻有不妥之處，因為「針鑽」意思是以針鑽之，一般口語讀「針鑽」一詞時，「針」字不變調【讀原調一調】，「鑽」字則輕讀【聲調近三調】，與善於鑽營者的tsiam-tsǹg（ㄐㄧㄚㄇ1-ㄗㄥ3）音不同，詞義也完全不同。

　　善於鑽營的tsiam-tsǹg（ㄐㄧㄚㄇ1-ㄗㄥ3）行為宜作「尖鑽」，漢語大詞典：「尖，方言。奸滑；精明」，而且「尖」也作鑽進義，如張天翼貝胡子：「有一陣風打窗縫里尖進來」。故「尖」字作狀詞時，意思是奸滑、精明，「尖鑽」即為精於鑽營；「尖」字作動詞時，意思是鑽進，則「尖鑽」為同義複詞，仍作鑽進義，亦即鑽營。不管「尖」字作狀詞還是動詞，「尖鑽」的寫法都比「針鑽」為佳。

　　崇明縣志方言：「巧曰摟搜，曰尖鑽」，麻城府志：「人之狡點者曰尖儹」，寫做「尖儹」亦可行。

不掌志、不長志【不長進】

河洛話put-tsiáng-tsì（ㄅㄨㄅ4-ㄐㄧㄤ2-ㄐㄧ3）即不長進、沒出息，高階標準臺語字典作「不掌志」，小爾雅廣言：「掌，主也」，周禮天官冢宰：「帥其屬而掌邦治」，孟子滕文公上：「舜使益掌火」，國語晉語七：「使掌公族大夫」，掌，主掌也，「不掌志」即無法主掌意志或不主掌其意志，引申沒出息、不長進。

其實put-tsiáng-tsì（ㄅㄨㄅ4-ㄐㄧㄤ2-ㄐㄧ3）可寫做「不長志」，國語齊語：「不日引，不月長」，長，增益也，「不長志」即無法增長意志，引申沒出息、不長進。集韻：「長，展兩切，音掌」，長、掌同音。

亦可直寫「不長進」，「進tsìn（ㄐㄧㄣ3）」音近tsì（ㄐㄧ3），「不長進」詞義明確，且為成詞，三國志張昭傳：「長子承勤於長進，篤於物類」，晉書和嶠傳：「帝謂太子：近入朝，差長進。嶠曰：聖質如初耳」，世說新語：「身與君別多年，君義言了不長進」，宋書前廢帝紀：「書不長進，此是一條耳」。

tsì（ㄐㄧ3）或係tsìn（ㄐㄧㄣ3）之訛轉。

0866 洴【餰、䱒、醏】

臺灣語典卷一：「洴，味淡也，與鹹反」，「洴」從氵井聲，讀如井tséⁿ（ㄗㄝ2鼻音），口語讀tsiáⁿ（ㄐㄧㄚ2鼻音），相當於北京話「鹹淡」的「淡」。

玉篇：「洴，洴涏，小水貌，又漂流」，集韻：「洴，洴淡，水貌」，可見「洴」與水流勢之大小有關，與水濃度之鹹淡無關，作「淡」義並不恰當。

但若將「洴」字當形聲兼會意字來看，則「洴」從井水，井亦聲，作「井水」義，因相對於味鹹的「海水」，故得「淡」義，造詞如鹹洴、無鹹無洴、洴水、洴水魚、洴薄薄tsiáⁿ-pih-pih（ㄐㄧㄚ2鼻音-ㄅㄧㄏ8-ㄅㄧㄏ8）【其實井水並不一定是淡的】。

tsiáⁿ（ㄐㄧㄚ2鼻音）可作「餰」，集韻：「餰，食無味」，中文大辭典：「餰，食物無味也」，廣韻：「餰，滋野切，音姐tsiá（ㄐㄧㄚ2）」，口語帶鼻音，讀做tsiáⁿ（ㄐㄧㄚ2鼻音）。

亦可作「䱒」，集韻：「䱒，無味也」，或作「醏」，玉篇：「醏，味薄也」，「䱒」、「醏」皆讀tsiám（ㄐㄧㄚㄇ2），音轉tsiáⁿ（ㄐㄧㄚ2鼻音）。

很【情、誠】

　　對人事性狀的強調與肯定，北京話常藉「真」、「很」加以表達，如他真單純、他很天真，「真」、「很」即確實，河洛話則用「真tsin（ㄐㄧㄣ1）」，不用「很」，或用「tsiâ*（ㄐㄧㄚ5鼻音）」來表達。

　　tsiâ*（ㄐㄧㄚ5鼻音）可作「情」，墨子非攻：「當此天下之君子皆知而非之……，情不知其義也，故書其言以遺後世……」，莊子應帝王：「其知情信，其德甚真」，墨子非攻：「古者王公大人情欲得而惡失，欲安而惡危」，曾鞏臨江仙詞：「情知春去後，管得落花無」，情，確實也。

　　tsiâ*（ㄐㄧㄚ5鼻音）亦作「誠」，戰國策齊策：「臣誠知不如徐公美」，韓非五蠹：「民者固服於勢，誠易以服人」，屈原九歌國殤：「誠既勇兮又以武，終剛強兮不可凌」，誠，確實也。

　　「情」可讀tsiâ*（ㄐㄧㄚ5鼻音），如親情【親戚】、情實。

　　「誠」从成聲，與「成」一樣讀tsiâ*（ㄐㄧㄚ5鼻音），如成千成萬、不成人、誠老實、誠聰明、走誠緊。

0868 成【誠】

「誠」可白讀tsiân（ㄐㄧㄚ5鼻音），作確實義，用法等同北京話的「真」、「很」，用以表示對人和事物性狀的強調與肯定。

史記廉頗藺相如列傳：「臣誠恐見欺於王而負趙，故令人持璧歸，間至趙矣」，漢書匈奴傳：「天下歌之曰：平城之下亦誠苦，七日不食，不能彀弩」，三國志蜀諸葛亮傳：「今操已擁百萬之眾，挾天子而令諸侯，此誠不可與爭鋒」，誠，確實也，讀tsiân（ㄐㄧㄚ5鼻音），古籍句例繁多。

但有論者以為：tsiân（ㄐㄧㄚ5鼻音）的感覺產生於事後，不管事成或不成，皆有成，故應作「成」，此說令人昏惑，不知有何根據？

史記季布列傳：「賢者誠重其死」，賢者未死，卻用「誠」字，「此事誠難，得努力纔好」，事尚未做，也用「誠」字；故「誠」實無關事成或不成。

說文通訓定聲：「成，假借為誠」，可見誠成互通，然讀tsiân（ㄐㄧㄚ5鼻音），作真、很、確實義時，「誠」詞例眾多，優於「成」。

情實【誠實】

「誠」、「情」都讀tsiâⁿ（ㄐㄧㄚ5鼻音），河洛話tsiâⁿ-sit（ㄐㄧㄚ5鼻音-ㄒㄧㄅ8）該寫「情實」？還是「誠實」？

按「情實」只tsiâⁿ-sit（ㄐㄧㄚ5鼻音-ㄒㄧㄅ8）一種讀法，義有二，其一，真心，管子形勢解：「與人交，多詐偽無情實，偷取一切，謂之烏集之交」；其二，實情、真相，宣和遺事：「其人略無一語，亦無痛楚之色，終不肯吐漏情實」。

「誠實」則有二讀二義，其一，真誠老實，讀sîng-sit（ㄒㄧㄥ5-ㄒㄧㄅ8），潛夫論：「夫高論而相欺，不若忠論而誠實」，錯斬崔寧：「勸君出語須誠實，口舌從來是禍基」；其二，確實，讀tsiâⁿ-sit（ㄐㄧㄚ5鼻音-ㄒㄧㄅ8），後漢書郭太傳：「林宗追而謝之曰：賈子厚誠實凶德，然洗心向善，仲尼不逆互鄉，故吾許其進也」，古尊宿語錄：「師云：從來叢林極有商量，或有道，須知黃檗有陷虎之機，又道，須知南泉有殺虎之威，若據與麼說話，誠實苦哉」。

作確實義時，寫做「情實」、「誠實」皆可，作真誠老實義時，只能寫做「誠實」。

0870 接、習【迭】

河洛話說「時常」為tsiáp（ㄐㄧㄚㄅ8），有以為事件「連接」發生始有「時常」之現象，故tsiáp（ㄐㄧㄚㄅ8）作「接」，如接來、接看、接用、接讀、接接…。

tsiáp（ㄐㄧㄚㄅ8）作「接」似有理，但造詞極易產生歧義，且「接」讀tsiáp（ㄐㄧㄚㄅ4），不讀八調，調不合，實不宜作「接」。

亦有作「習」，取慣常、重疊、累積義，如習作、習看、習用、習讀、習習……。

tsiáp（ㄐㄧㄚㄅ8）作「習」也似有理，但造詞一樣易生歧義，也不妥。

tsiáp（ㄐㄧㄚㄅ8）作「迭」最適合，呂氏春秋知分：「以處於晉，而迭聞晉事」，耶律楚材和張敏之詩七十韻之一：「迭出神兵速，無敵我武揚」，夜譚隨錄崔秀才：「劉迭遭大故，貲產蕩盡」，迭，屢次、連接也，造詞如迭看、迭來、迭用、迭迭……，不但無歧義，且詞義準確，作「時常」解。

「迭」音tiáp（ㄉㄧㄚㄅ8），轉tsiáp（ㄐㄧㄚㄅ8），口語亦轉tiāⁿ（ㄉㄧㄚ7鼻音），俗將「迭迭」訛作「定定」。

0871 周【齊、全】

　　河洛話「周」、「全」、「齊」皆作全部、皆、都義，因三字義近，故相混用。

　　河洛話表示「周」、「齊」、「全」時會說tsiâu（ㄐㄧㄠ5）【以下以◎表示tsiâu（ㄐㄧㄠ5）】，如全班◎來、碗盤◎破、武功◎展、頭毛◎白、骨頭◎斷、有夠◎勻、萬事◎備。

　　tsiâu（ㄐㄧㄠ5）該寫「周」？「齊」？還是「全」？

　　廣韻：「周，職流切」，讀tsiu（ㄐㄧㄨ1），雖可轉tsiau（ㄐㄧㄠ1），但非五調。

　　「齊」俗讀tsê（ㄗㄝ5），但正韻：「齊，才資切」，讀tsû（ㄗㄨ5），可轉tsiû（ㄐㄧㄨ5），再轉tsiâu（ㄐㄧㄠ5）。

　　「全」讀tsuân（ㄗㄨㄢ5），如全部、全身；讀tsn̂g（ㄗㄥ5），如全然、十全；似乎還可以增加一個訓讀音tsiâu（ㄐㄧㄠ5），廈門音新字典即如此定音。

　　「齊」、「全」都可取代前「◎」字，音義皆合，按，「齊全」可讀tsê-tsuân（ㄗㄝ5-ㄗㄨㄢ5）、tsê-tsn̂g（ㄗㄝ5-ㄗㄥ5）、tsê-tsiâu（ㄗㄝ5-ㄐㄧㄠ5）、tsiâu-tsn̂g（ㄐㄧㄠ5-ㄗㄥ5）、tsiâu-tsuân（ㄐㄧㄠ5-ㄗㄨㄢ5），以上今皆用於河洛話口語間。

0872　一子【一摺】

　　「子」字河洛話口語讀ji（ㄐㄧˊ2），可當量詞，如一子弓蕉、一子棋子，北京話則說一只香蕉、一枚棋子；「子」河洛話口語亦讀tsí（ㄐㄧ2），也當量詞，用於能用手指掐住的束狀細長物，敦煌變文集漢將王陵變：「若借大王寶劍，卸下一子頭髮，封在書中，兒見頭髮，星夜倍程入楚救母」，紅樓夢第八十八回：「又拿起一子兒藏香」，又如一子錢、一子掛麵、一子金紙。

　　像鈔票、掛麵、金紙等可摺疊之物，河洛話以tsí（ㄐㄧ2）為單位，亦以tsih（ㄐㄧㄏ4）為單位，tsí（ㄐㄧ2）為「子」，tsih（ㄐㄧㄏ4）則為「摺」【但口語仍有讀「摺」為tsí（ㄐㄧ2），尤其「摺」字未置於詞尾時】。

　　廣韻：「摺，之涉切」，讀tsih（ㄐㄧㄏ4），從手部，屬動詞字，作摺疊義，如摺衫、摺面布、摺手巾、摺紙；後來也用做名詞，如河洛話說銀行存摺為「手摺簿」；作量詞時，多用於可摺疊之物，如一摺銀票、一摺金紙、一摺麵線，或銀票一摺、金紙一摺、麵線一摺。

0873　折到【仄著】

　　說文：「折，斷也，从斤【斧頭】斷草」，廣韻：「折，斷而猶連也」，集韻：「折，拗折也」，可見「折」有斷義，含離與未離兩種狀況。

　　「折」可讀tsiat（ㄐㄧㄚㄅ4），如打折；可讀tsih（ㄐㄧㄏ8），如骨折去、拗折。北京話折樹枝的「折」，河洛話作「拗áu（ㄠ2）」、「扎at（ㄚㄅ4）」，都是用手使物斷而離或未離的動作。

　　「折」、「拗」、「扎」使力方向皆與物垂直，河洛話有另一種動作，叫做tsik-tioh（ㄐㄧㄍ4-ㄅㄧㄛㄏ8），乃手使力方向與物平行，致使手或物因而受到擠壓，俗作「折到」，如「手折到」，寫法並不妥當。

　　tsik-tioh（ㄐㄧㄍ4-ㄅㄧㄛㄏ8）屬古語，作促迫義，應作「仄著【說時「仄」讀原四調，「著」輕讀】」，按「仄」从厂人，言人侷促於厂下，不得舒伸，含促迫義，如聲音促迫難伸稱「仄聲」，日偏斜而促迫近於地面稱「日仄【昃】」，促迫在一起稱「仄做一堆」，促迫手而使受傷稱「手仄著」，餘如仄道、仄隘、仄小、仄仄，亦是。

0874 不正而作【不經而作】

一個人行為不正經、不正派,河洛話稱為put-tsing-jî-tsè(ㄅㄨㄅ4-ㄐㄧㄥ1-ㄐㄧˊ-5-ㄗㄜ3),有作「不正而作」,雖「作tsò(ㄗㄜ3)」可轉tsè(ㄗㄜ3)【胡亂妄作的「作」即讀此音,俗訛作「烏魯木齊」】,但「正」讀三調,非一調【雖可讀一調,如正月,義異】。

以下五種寫法尚稱可用,僅比較如下:

其一、不平,不平正也,但「不平而作」有「因不滿而作為」之歧義。

其二、不貞,不正也,但「不貞而作」有「作為不貞潔」之歧義。

其三、不逞,不檢束也,後漢書史弼傳:「外聚輕剽不逞之徒」,「不逞而作」即欠檢束之輕浮作為。

其四、不稱,不適當也,詩經曹風候人:「彼其之子,不稱其服」,「不稱而作」即不適當之作為。

其五、不經,違反常道,類乎誕妄也,史記孟軻荀卿列傳:「其語閎大不經」,「不經而作」即違反常道之作為。

0875

精差【爭差】

「相差」的河洛話說「tsing-tsha（ㄐㄧㄥ1-ㄘㄚ1）」，俗有作「精差」，按「精」猶精密也，正也【出廣韻，猶標準也】，故「精差」即指「與精密或標準狀態有所差異」，即不精密、不標準，與「相差」有別。

tsing-tsha（ㄐㄧㄥ1-ㄘㄚ1）宜作「爭差」，猶言差錯、出入，元曲合汗衫：「倘或間有些兒爭差，兒也，將您這一雙老爹娘，可便看個甚麼，暢好是心窩膽大」，元曲龍虎風雲會：「多管是相法內，有爭差」，桃花扇選優：「轉江陵大粮艘，有甚爭差」，長生殿驛備：「此奉欽遵，切休得有爭差」，可見「爭差」是個成詞，等同今語「相差」。

按「爭」本就可作「差」解，如杜荀鶴自遣詩：「百年身後一丘土，貧富高低爭多少」，晏幾道蝶戀花：「三月露桃芳意早，細看花枝，人面爭多少」，以上「爭」即差，可見「爭差」是個同義複詞，意思就差，就是相差。

按「爭」亦可讀如「差」，風箏的「箏【以「爭」為聲根】」俗讀「差tshe（ㄘㄝ1）」。

0876 清生、精生、猙生、眾生【烝生】

河洛話罵人tsing-seⁿ（ㄐㄧㄥ1-ㄙㄝ1鼻音）算是重罵，其義近於畜生，又甚於畜生。

tsing-seⁿ（ㄐㄧㄥ1-ㄙㄝ1鼻音）寫法很多，如有說是清朝時漢人罵滿人的話，作「清生」，暗指滿清人之所生，含鄙視義；有說是精怪之所生，作「精生」，含邪惡卑劣義；臺灣語典作「猙生」，指禽獸之所生，乃漢人罵滿人的話；蘇州府志風俗：「六畜，總曰眾生」，故亦有作「眾生」，即畜生。

按「烝」即下淫上，指男子與母輩通姦，等同今之「亂倫」，左傳：「衛宣公烝於夷姜」，新唐書：「敏之韶秀自喜，烝於榮國，挾所愛……」，閱微草堂筆記：「……誣主人帷薄不修，縷述其下烝上報狀」，「烝」即下淫上之亂倫行為，可謂醜齷邪惡之至，「烝生」指亂倫後之所生，意指邪惡雜種。

客觀觀之，「烝生」、「眾生」優於「清生」、「精生」、「猙生」。今佛教稱普羅大眾為「眾生」，「眾生」已成佛教專有名詞，實宜避之，故以「烝生」為最佳。

0877 【撞門踢戶、衝門踢戶】
登門踢戶

　　說文句讀：「童，从辛、从重省聲【省重為里】」，這使得含「童」或「重」的形聲字口語音差不多，如含「重」的「種」、「腫」、「踵」、「鍾」……，含「童」的「鐘」、「撞」、「瞳」……等，都可讀做tsing（ㄐㄧㄥ）的音型。

　　一個人到別人家去興師問罪，河洛話說tsing-mĝg-tah-hō（ㄐㄧㄥ1-ㄇㄥ5-ㄅㄚㄏ8-ㄏㄛ7），俗有作「登門踏戶」，在此「登ting（ㄉㄧㄥ1）」音轉tsing（ㄐㄧㄥ1）。

　　若句中tsing（ㄐㄧㄥ1）是原音，且與含「童」、「重」之字有關，則可作「撞門踢戶」、「衝門踢戶」。

　　六部成語刑部撞門注解：「打鬥也」，中文大辭典：「撞踢，衝撞踐履也」，廣韻：「撞，音幢」，說文新附：「幢，旌旗之屬也」，則「撞」、「幢」口語都可讀如「旌tsing（ㄐㄧㄥ1）」，如車相撞、撞破、撞倒、撞頭、撞踢。

　　至於「衝門踢戶」，「衝」含「重」之聲根，與「撞」類似，音義甚明，無庸贅述。

0878 精神【醒神、甦神】

　　「精神」是北京話，也是河洛話，不管屬何種話語，詞意一致，都當名詞，作氣力義，河洛話讀做tsing-sîn（ㄐㄧㄥ1-ㄒㄧㄣ5），例如：他上課無精神。

　　河洛話亦將tsing-sîn（ㄐㄧㄥ1-ㄒㄧㄣ5）作動詞，作「甦醒」義，有以為是「精神」名詞動詞化，故仍作「精神」，如「他一精神，旋去洗身軀」，但此說欠妥。

　　tsing-sîn（ㄐㄧㄥ1-ㄒㄧㄣ5）宜作「醒神」，增韻：「醒，夢覺也」，「醒神」即甦醒精神，雖「醒」俗多讀tshéⁿ（ㄘㄝ2鼻音），讀二調，如醒悟、酒醒，不過字彙補：「醒，子清切，音精tsing（ㄐㄧㄥ1）」。

　　tsing-sîn（ㄐㄧㄥ1-ㄒㄧㄣ5）亦可作「甦神」，雖「甦」乃「酥」之俗字，與「蘇」通，作醒義，俗多讀soˊ（ㄙㄛ1），然「甦」從更生，生亦聲，可讀如「生sing（ㄒㄧㄥ1）」，音轉tsing（ㄐㄧㄥ1）【「醒」从酉星（生）聲，音亦同】。

　　所以tsing-sîn（ㄐㄧㄥ1-ㄒㄧㄣ5）寫做「醒神」、「甦神」時屬動詞，寫做「精神」時屬名詞，不可混淆。

踵頭仔
0879 【掌頭仔、趾頭仔、指頭仔】

　　「指」字讀音很多，可讀tsí（ㄐㄧ2），如指示；可讀kí（ㄍㄧ2），如用手指；可讀tsáiⁿ（ㄗㄞ2鼻音），如中指；可讀tsíng（ㄐㄧㄥ2），如指頭仔。

　　其中「指頭仔」寫法較受爭議，有說「指」不讀tsíng（ㄐㄧㄥ2），「指頭仔」宜作「踵頭仔」，釋名釋形體：「足後曰跟，又謂之踵」，踵即腳後跟，假借泛指腳部，如踵兵、踵門、踵跡、踵謝……等「踵」字皆指腳，腳趾頭位於腳之前端，故「腳趾頭」稱「踵頭仔」，言之有理，但如何解釋手指頭呢？

　　照前說，不管手指頭還是腳趾頭，作「掌頭仔」更佳，「掌」含手掌、腳掌，手指與腳趾位於手掌與腳掌前端，稱「掌頭仔」極為合理，而「掌tsióng（ㄐㄧㄛㄥ2）」可音轉tsiáng（ㄐㄧㄤ2）、tsíng（ㄐㄧㄥ2）。

　　其實作「指頭仔」或「趾頭仔」最平易通俗。韻部i（ㄧ）與ing（ㄧㄥ）可通轉而且字例不少，如冥、奶、青、生、前、平、病……，「指tsí（ㄐㄧ2）」、「趾tsí（ㄐㄧ2）」本就可音轉tsíng（ㄐㄧㄥ2）。

0880 隘孜孜【隘戔戔、隘擠擠】

　　河洛話說「狹窄」為èh（ㄝㄏ8），寫做「隘」，似乎已少有疑議，用以狀「隘」的疊詞tsiⁿ-tsiⁿ（ㄐㄧ1鼻音-ㄐㄧ1鼻音），寫法卻頗紛歧，莫衷一是。例如有作「窄窄」、「迮迮」，按「窄」通「迮」，皆作狹窄義，然兩字皆讀「側格切」，音tsik（ㄐㄧㄍ4），入聲，作「隘窄窄」、「隘迮迮」，義合，調不合。

　　有作「隘孜孜」，按「孜」作勤勉不怠、力篤愛、處、孳等義，「孜孜」可作持續不斷解，如孜孜不倦、孜孜為善、恬靜孜孜，用來形容「隘」則欠妥當。

　　有作「隘戔戔」，寫法可行，中文大辭典：「戔，狹也」，「戔」音tsian（ㄐㄧㄢ1），可音轉tsiⁿ（ㄐㄧ1鼻音）。

　　亦可作「隘擠擠」，用「擠擠」來形容「隘」，合理而且生動，廣韻：「擠，祖稽切」，讀tse（ㄗㄝ1），可音轉tsi（ㄐㄧ1），甚至帶鼻音，讀tsiⁿ（ㄐㄧ1鼻音），事實上，今「擠」字口語即讀tsiⁿ（ㄐㄧ1鼻音），如「擠入去」、「公車傷擠，咱坐後班」、「袋仔內擠五領衫，三條褲」。

使目箭【使目睏】

使眼色，河洛話說「使目箭sái-ba̍k-tsìⁿ（ㄙㄞ2-ㄅㄚ˙ㄍ8-ㄐ一鼻音3）」，臺灣語典卷三：「目箭，謂以眼波射人也。公羊傳：眣晉大夫使與公盟。註：眣與眣通，以目指事也；呼為捽。所謂目箭，則折【疑為「拆」字之誤】『眣』字而言也」。連氏以為拆「眣」成「目矢」，即目箭，以目光似箭可射人，故謂使眼色為「使目箭」，有其理趣。

臺灣漢語辭典作「目眙」，說文：「眙，直視」，集韻：「眙，與瞪同」，義不合。

玉篇：「眣，目動也，以目通指也」，釋文：「眣，本又作眣」，作「目眣」、「目眣」，義應可行，可惜「眣」、「眣」不讀tsìⁿ（ㄐ一鼻音3），音不合。

中文大辭典：「眣，與睏同」，集韻：「眣，或从至」，可見「眣」同「睏」，集韻：「眣，目出皃，一曰目不正，一曰以目使人也，或从至」，「睏」从目至聲，口語可讀如至tsì（ㄐ一3），或轉而帶鼻音，讀tsìⁿ（ㄐ一鼻音3），使眼色寫做「使目睏」，音義皆合，應該可行。

0882　貸款納次租【借款繳次稅】

　　漢儒解經後同義複詞大增，此乃「因事相類，故渾言之」的結果，河洛話運用漢字，於是混用、誤用現象層出不窮，今舉三組與「出入」有關的漢字說明如下。

　　第一組，借貸。「借tsioh（ㄐㄧㄜㆷ4）」本指借入，「貸tāi（ㄅㄞ7）」本指貸出，今銀行設有「貸款部」將錢「貸」給客戶，而客戶是去銀行設的貸款部「借」款，不是去銀行設的貸款部「貸」款。

　　第二組，繳納。「繳kiáu（ㄍㄧㄠ2）」本指繳出，「納la̍p（ㄌㄚㆴ8）」本指納入，就像今機關行號設「出納部」掌管「繳出」和「納入」業務，不過今人多有誤說，說民眾去納水電費、納電話錢、納註冊費，以上「納」字其實應說「繳」。

　　第三組，租稅【或作租貰】。「租tso͘（ㄗㆦ1）」本指租出，「稅suè（ㄙㄨㆤ3）」本指稅入，例如租次公司「租」次給要「稅」次的客戶，民眾是去「稅」次，不是去「租」次，光碟影片行將光碟「租」給客戶，客戶則去光碟影片行「稅」光碟。

　　綜合上述，「民眾去貸款納次租」說法大錯，應說「民眾去借款繳次稅」才正確。

0883　足小【極小】

　　表程度的副詞，如極、很、甚、非常、十分……，河洛話有說「足tsiok（ㄐㄧㄛㄍ4）」，如足粗、足細、足大、足小、足長、足短……等。

　　「足」具「滿」、「充足」義，有「量大」感，因此被引申作非常、十分、很，但用在消極狀況，如小、細、輕、薄、矮、瘦、短…等，則顯得奇怪。何況「足」本義為「腳」，足粗、足細、足大、足小，會有腳粗、腳細、腳大、腳小的歧義。

　　作「極」應亦可，不但平易通俗，而且詞義精確，雖「極」俗讀kik（ㄍㄧㄍ8），如太極、極端，但口語可讀tsik（ㄐㄧㄍ4），再轉tsiok（ㄐㄧㄛㄍ4）。

　　北京話讀「ㄐㄧ」音的字，如迹、積、績、跡、即、疾、寂、籍、嫉、脊、鯽……，河洛話都讀tsik（ㄐㄧㄍ4）或tsit（ㄐㄧㄅ4）的音，「極」北京話讀ㄐㄧˊ，口語讀tsik（ㄐㄧㄍ4），進而轉tsiok（ㄐㄧㄛㄍ4），屬合理推定。

　　「極」當副詞時，口語可讀tsiok（ㄐㄧㄛㄍ4），極粗、極細、極大、極小、極長、極短……，要比足粗、足細、足大、足小、足長、足短……的寫法好。

0884 職馬、今也【即也】

　　河洛話tsit-má（ㄐㄧㄅ4-ㄇㄚ2）意思是「現在」，俗有作「職馬」，純屬記音寫法，看得懂才怪！

　　有作「今也」，「今」即現在，義合，但「今kim（ㄍㄧㄇ1）」為平聲字，調不合。

　　tsit-má（ㄐㄧㄅ4-ㄇㄚ2）宜作「即也」，爾雅釋詁：「即猶今也」，玉篇皀部：「即，今也」，王引之經傳釋詞卷八：「即，猶今人言即今也」，廣韻：「即，子力切」，讀tsik（ㄐㄧㄍ4），俗亦白讀tsit（ㄐㄧㄅ4），如即日、即暝。

　　「也」是個語尾助詞，作用繁多，作語氣詞用途尤其多，翻做語體文時不必譯出。

　　「也」既是語氣詞，其聲調便有變化，可讀á（ㄚ2），如狗也、馬也，河洛話一般多作「仔」；可讀ā（ㄚ7），如論語雍也：「子曰：賢哉回也！……回也不改其樂」中的兩個「也」字即可讀ā（ㄚ7）；讀à（ㄚ3）【其實是輕讀音，例子最多】，如桃花源記：「不足為外人道也」。

　　「也」亦有a（ㄚ）音轉ma（ㄇㄚ）音的現象，如「我也有」的「也」，如「即也」。

0885　一周【一舟】

　　臺灣語典卷一：「周，八分之一也」，卷二：「四周，猶四份，謂以一物而分為四也。說文：周，徧也」，前後說法竟相矛盾，且說「四周猶四份」，不知所據為何。

　　臺灣民間確有「一周」、「二周」之說，將圓形食物【如圓扁狀糕餅，或圓球狀瓜果】剖成六份、八份、十份或更多份，河洛話即稱其一份為tsit-tsiu（ㄐㄧㄅ8-ㄐㄧㄨ1），連氏稱「四周猶四份」，「周」即指此。

　　按「周」作環繞、循環義，故環繞一圈稱「一周」，循環一段時間亦稱「一周【通常指七天】」，即一星期，故「周」作量詞時，如一周、二周，指的是一圈、二圈、一星期、二星期，不是一份、二份。

　　指稱一份、二份時，應作「一舟」、「二舟」，試想：圓形食物剖成多份，若將每一份直立放置，形狀像不像一艘小舟？

　　稱一份為「一舟」，不但生動活潑，而且十分生活化，河洛話確實是一種貼近生活且鮮活生動的語言。

0886　目睛仁、目珠仁【目瞳人】

　　河洛話稱「眼睛」為「目」、「目睛」、「目珠」【「睛tsing（ㄐㄧㄥ1）」、「珠tsu（ㄗㄨ1）」皆音轉讀tsiu（ㄐㄧㄨ1）】，俗則多作「目睭」，不過這是錯誤的寫法。按字彙補：「睭，深也」，字彙補：「睭，知丑切，音帚tsiú（ㄐㄧㄨ2）」，音義皆不合。

　　位於眼睛正中的瞳人【亦作「瞳仁」】呢？一般稱「目睛仁」、「目珠仁」，說文通訓定聲：「人，果實之人，在核中，如人在天地之中，故曰人，俗以仁為之」，如杏仁、薏仁、花生仁【河洛話作「土豆仁」】，瞳人居眼睛中央，當然可稱「目睛仁」、「目珠仁」。

　　按以「童」或「重」為聲根的形聲字，具有兩種不同系統的聲音呈現，一以t（ㄉ）、th（ㄊ）聲部配ong（ㄛㄥ）、ang（ㄤ）韻部，一以ts（ㄗ）、tsh（ㄘ）聲部配ong（ㄛㄥ）、iong（ㄧㄛㄥ）、ing（ㄧㄥ）韻部，如鐘、撞、幢、種、腫、踵、衝即屬後者。「瞳」從目童聲，亦屬之，可讀做tsing（ㄐㄧㄥ1），音如「睛」，再音轉為tsiu（ㄐㄧㄨ1）。

　　故「目睛仁」、「目珠仁」應該也可以寫做「目瞳人」。

頭顄【頭養、頭一養】

　　婦女首次生子，北京話、河洛話皆說「頭胎」、「第一胎」，不過河洛話還有一特殊說法，稱為thâu-tsiūⁿ-á（ㄊㄠ5-ㄐㄧㄨ7鼻音-ㄚ2），臺灣漢語辭典作「頭顄」：「第一胎曰頭顄，廣韻：顄，人初產子。集韻：顄，一曰人初生子」。宋趙令時侯鯖錄卷三：「人初生產子，俗言首子，亦使此顄字」，廣韻：「顄，書九切，音手siú（ㄒㄧㄨ2）」，其實就是「首子siú-tsú（ㄒㄧㄨ2-ㄗㄨ2）」的合讀音。然「顄」既指人初產子，實無必要又冠「頭」字於前，且「顄」讀二調，非七調，作「頭顄」實有欠妥處。

　　韓詩外傳十：「王季遂立而養文王」，通俗編婦女養：「董斯張吹景錄：生子曰養」，因此，「頭顄」改作「頭養」似乎更佳，作頭次生子義，俗雖多讀「養」為ióng（ㄧㄛㄥ2），二調，但廣韻：「養，餘亮切」，讀iōng（ㄧㄛㄥ7），口語可讀iūⁿ（ㄧㄨ7鼻音），聲化後讀做tsiūⁿ（ㄐㄧㄨ7鼻音）。

　　其實亦可作「頭一養」，因為「一養tsit-iūⁿ」合讀即為tsiūⁿ（ㄐㄧㄨ7鼻音）。

0888 嘗嘴唇【舐嘴唇】

旨,美味也,從匕甘,「匕」為取物之匙,「曰【甘】」為口中有美食,「旨」即以匙取美食入口;「甚」與「旨」造字旨趣相近,從匕八甘,「八」指事為兩份美食,「甚」即口中有美食【甘】,又以匙【匕】另取兩份美食【八】於一旁待之,引申作「過份」,如欺人太甚、不求甚解的「甚」即皆作此義。

嘗,從旨尚聲,說文:「嘗,口味之也」,換成現今的說法,即用嘴巴試吃食物滋味,所以「嘗」有試、吃之義,而「嘗試」、「嘗食」後來也都成詞。

韻書注嘗「匙陽切」,讀siông(ㄒㄧㄛㄥ5),作「用嘴巴試滋味」義,和河洛話tsīng(ㄗㄥ7),音雖可轉,調卻不同,義亦有別,雖都是試滋味,「嘗」用嘴巴,tsīng(ㄗㄥ7)單用舌頭,且tsīng(ㄗㄥ7)指舌舐動作,不一定與試滋味有關。

tsīng(ㄗㄥ7)宜作舌部字「舐」,以舌接觸也,如舐目、舐痔、舐掌、舐筆、舐犢等,「舐」從舌氏sī(ㄒㄧ7)聲,口語讀做tsīⁿ(ㄐㄧ鼻音7),音轉tsīng(ㄗㄥ7),如舐手、舐腳、舐身軀。

0889　狀【旋】

　　臺灣漢語辭典：「俗以頭髮作螺旋狀捲毛處為tsng（ㄗㄥ7），相當於『狀』，即捲作旋螺狀之略語也」，此說簡明易懂，有可取處。

　　高階標準臺語字典則作「旋」。按「旋」字音繁複，可讀suân（ㄙㄨㄢ5），如凱旋；可讀suî（ㄙㄨㄧ5），如旋來；可讀tsn̂g（ㄗㄥ5），如光旋；可讀suān（ㄙㄨㄢ7），如旋尿；可讀tsuān（ㄗㄨㄢ7），如旋螺絲；可讀tsng（ㄗㄥ7），如頭殼兩粒旋，怖及無人問【怖，凶暴也，讀phaiⁿ（ㄆㄞ2鼻音）】。

　　爾雅釋畜：「回毛在膺，宜乘」，郭璞注曰：「伯樂相馬法，旋毛在腹下如乳者，千里馬」，齊民要術養牛馬驢騾：「若旋毛眼眶上，壽四十年」，聞見後錄卷十六：「碧雲霞，廄馬也。莊憲太后臨朝，以賜荊王，王惡其旋毛……世以旋毛為醜，此以旋毛為貴」，可知「旋毛」即tsng（ㄗㄥ7）。

　　旋，回旋也，字本身已表示一種形狀，故「旋」字的字義已涵括「狀」，更為周衍，毛髮中的tsng（ㄗㄥ7），作「旋」要比「狀」為佳。

0890　字人【做人】

同詞異讀得異義，乃語文常見現象，北京話、河洛話皆如此，如河洛話說「三十許」，「許」讀 hê（ㄏㄝ5），「三十許」作三十個解；「許」讀 hia（ㄏㄧㄚ1），「三十許」作三十左右解。又如「後日」，讀時「後」置前變三調，「日」不變調，「後日」作日後解；若「後」不變調，「日」輕讀，「後日」則作後天解。

「做人 tsò-lâng（ㄗㄜ3-ㄌㄤ5）」一詞也一樣，讀時「做」置前變二調，「人」不變調，「做人」作「為人」解，如西廂記張君瑞害相思雜劇：「禁不得你甜話兒熱趲，好著我兩下裡做人難」；但如果「做」不變調，「人」輕讀，則「做人」作女子許配于人解。

女子許配于人亦有作「字人」，正字通：「女子許嫁曰字」，中文大辭典：「字人，女子嫁人也」，李漁巧團圓剖私：「【老旦】請問娘子，青春多少，可有尊堂，曾嫁過丈夫了麼？【旦】年方十六，尚未字人」，廣韻：「字，疾置切，音自 tsū（ㄗㄨ7）」，俗讀 jī（ㄐㄧ'ㄧ7），可轉 tsō（ㄗㄜ7），與 tsò（ㄗㄜ3）音近，但調不合。

坐月內【做月內】

「坐月內」、「做月內」二詞今皆通行，其差別又如何？

「坐月內」、「坐月子」皆源於「坐月」，南越筆記廣東方言：「婦人免身而未彌月曰坐月」，中文大辭典：「坐月子，婦人產後一月中居坐產褥之謂」，「坐」作居坐解，言婦人產後需小心調養，宜居不宜出，宜坐不宜勞。

按舊俗，女子嫁後，直到女子產後第十二天，女子娘家才送來雞酒及禮物，探訪男方，順便幫產婦「做月內」。

似乎「坐月內」與「做月內」皆有所本，皆有其理趣。

不過二者仍有差別，其一，聲調不同，「坐」讀tsō（ㄗㄜ7），「做」讀tsò（ㄗㄜ3）；其二，「坐月內」之行為出於產婦本人，如「阿芬頂個月坐月內」，「做月內」之行為則非產婦所為【一般為產婦親友所為】，如「她去美國給阿芬做月內」。

按，一般多說「做月內」，詞構與做生日、做七、做中原、做三朝、做節、做壽、做禮拜相同。

0892 做忌【祭忌】

　　對人的一生來說，有些日子是很特殊的，例如出生、成年、結婚、為人父母、死亡等，我們的傳統向來講求慎終追遠，對死後尤其重視，不敢掉以輕心。

　　一個人死亡之日，俗稱「忌日」，或稱「忌辰」，周禮春官小史：「則詔王之忌諱」，注：「先王死日為忌，名為諱」，禮記祭義：「忌日之謂也」，注：「親亡之日」，辭海亦曰：「死以七日為忌」。

　　吾人為追思懷念先人，會在先人亡故之日行祭拜之禮，俗稱「做忌tsò-kī（ㄗㄜ3-ㄍㄧ7）」，其寫法與做壽、做節、做七、做生日、做中原、做三朝、做禮拜、做月內相同。

　　「做忌」或為「祭忌」之變，祭，祭祀也，穀梁傳成公十七年：「祭者，薦其時也，薦其敬也，薦其美也，非享味也」，於忌日祭先人，即是薦其時。

　　「祭」音tsè（ㄗㄝ3），與tsò（ㄗㄜ3）近，其實兩音早就互通，如「作」、「做」、「製」讀tsè（ㄗㄝ3），也都讀tsò（ㄗㄜ3），義也互通。

0893 醜雜【臭俗、臭濁、惡濁】

　　物品外表醜陋或品味低俗，俗稱tshàu-tsòk（ㄘㄠ3-ㄗㄛㄍ8），有作「醜雜」，唐書高元裕傳：「元裕，子璩卒，贈司空太常博士，曹鄴建言：璩宰相，交遊醜雜，進取多蹊徑，請諡為刺，從之」，醜，臭也，惡也；雜，亂也，麤也；廣韻：「醜，昌九切」，讀tshiú（ㄑㄧㄨ2），可轉tsháu（ㄘㄠ2），但非三調，調不合；廣韻：「雜，徂合切」，讀tsàp（ㄗㄚㄅ8），可音轉tsòk（ㄗㄛㄍ8）；作「醜雜」，義可行，但調不合。

　　有作「臭俗」，臭tshàu（ㄘㄠ3），惡味也，引申作腐敗、醜惡義。俗siòk（ㄒㄧㄛㄍ8），俗氣，可音轉tsòk（ㄗㄛㄍ8），「臭俗」即醜陋低俗，音義皆合。

　　亦可作「臭濁」，中文大辭典：「濁，醜也」，臭濁即醜陋，「濁」讀tok（ㄉㄛㄍ4）、tòk（ㄉㄛㄍ8）、tak（ㄉㄚㄍ4）、tàk（ㄉㄚㄍ8），可音轉tsòk（ㄗㄛㄍ8）【廈門音新字典「濁」字即注此音】。

　　或亦可作「惡濁」，「惡」可讀àu（ㄠ3），如惡步、惡面，音轉tshàu（ㄘㄠ3）。

165

0894　孟浪【莽撞】

　　臺灣語典卷四：「孟浪，猶鹵莽也，呼望狀；古音也。……周禮：職方氏，其藪澤曰望諸。爾雅：作孟諸；孟望古同音」，主要在說「孟」音bóng（ㄅ'ㄛㄥ2），「孟浪」即河洛話說的bóng-tsōng（ㄅ'ㄛㄥ2-ㄗㄛㄥ7）。

　　集韻：「孟，母朗切，音莽bóng（ㄅ'ㄛㄥ2）」，廣韻：「浪，來宕切」，音lōng（ㄌㄛㄥ7），可音轉tsōng（ㄗㄛㄥ7），將河洛話bóng-tsōng（ㄅ'ㄛㄥ2-ㄗㄛㄥ7）寫做「孟浪」，算是音義皆合。

　　其實亦可作「莽撞」，作言行輕率魯莽義。周文質時新樂曲：「張飛莽撞，大鬧臥龍岡」，焚香記：「雖不諳兵家這幾行精密機，也恰有莽撞來一團魠膽氣」，紅樓夢第十七回：「黛玉自悔莽撞，剪了香袋，低著頭一言不發」。「撞」從扌童聲，可讀tōng（ㄅㄥ7）、tsīng（ㄐㄧㄥ7），如相撞頭，與tsōng（ㄗㄛㄥ7）音近。

　　「孟浪」、「莽撞」，鹵莽也。另有「懵懂bóng-tóng（ㄅ'ㄛㄥ2-ㄅㄛㄥ2）」，音近調異，作無知解，應防混淆。

姿娘【珠娘】

0895

　　俗話說：「三分姿娘，四分打扮」，在強調女子化粧的重要，「姿娘」讀做tsu-niû（ㄗㄨˋ-ㄋㄧㄨˋ）。

　　說文：「姿，態也」，釋名釋姿容：「姿，資也」，可見「姿」作容貌、姿態、資質解，是個表性狀的字，其造詞大抵有兩種型態，一為後加狀詞，如姿美、姿媚，一為後加其他性狀詞，如姿勢、姿色、姿容、姿貌、姿態、姿顏，像「姿娘」這種後加名詞的造詞方式完全沒有，而事實上「姿娘」也非成詞，且詞義不明。

　　tsu-niû（ㄗㄨˋ-ㄋㄧㄨˋ）宜作「珠娘」，古越俗呼女子為珠娘，南朝梁任昉述異記卷上：「越俗以珠為上寶，生女謂之珠娘，生男謂之珠兒」，稱謂錄方言稱女：「閩小記：福州呼女，亦曰珠娘」，亦有呼婦女為珠娘者，清周亮工閩小記卷三：「福州呼婦人為珠娘」，元好問後芳華怨：「寒門憔悴人不知，枉為珠娘怨金石」，以上「珠娘」皆指女子。

　　「三分珠娘，四分打扮」，言三分姿色的女子，更要靠四分打扮，使更漂亮。

0896

隨在他【恣在他】

北京話「任由他」說成河洛話,真是「眾說紛紜」,不過也因此,得以充分顯現語言衍生的多樣面貌及力道,俗說「語言是活的」,果然沒錯。

從眾多表示「任由他」語意的河洛話中,我們發現其語音相近,僅音調有平、上、去的差異,所以很難分辨誰是源頭。

以平聲【含一、五調】發音的有:「俱在他」【「俱」讀ku(《ㄨ1),一調】,取義「都由他」;「隨在他」【「隨」讀suî(ㄙㄨㄧ-5),五調】,取義「任隨由他」;「由在他」【「由」讀iû(一ㄨ5)】,取義「任由他」。

以上聲【即二調】發音的有:「使在他」【「使」讀sú(ㄙㄨ2),二調】,取義「行使由他」。

以去聲【含三、七調】發音的有:「恣在他」【「恣」讀tsù(ㄗㄨ3),三調】,取義「任意由他」;「肆在他」【「肆」讀sù(ㄙㄨ3),三調】,取義「任意由他」;「據在他」【「據」讀kù(《ㄨ3),三調】,取義「依據由他」。

語言就是這樣,衍生變化,多采多姿,尤其古老的語言更是這樣。

尿褯【尿藉】

「墊」字是名詞，也是動詞，河洛話tsū（ㄗㄨ7）與「墊」義近，是名詞，也是動詞，名詞指「墊子」，動詞指「墊著」。

最早用來做tsū（ㄗㄨ7）的字大概是「且」，說文：「且，所以薦也，从几，足有二橫，一其下地也」，後來由「且」字所衍生的「俎」、「祖」、「阻」、「靻」、「苴」、「柤」、「菹」……，都具墊底、基始之義，即可見一斑。

尿布，河洛話說jiō-tsū（ㄐㄧ'ㄝ7-ㄗㄨ7），照理可作「尿且」，可是後來韻書皆注「且」二調，不讀七調，調不合。

有作「尿褯」，「褯」乃嬰兒襯褥，即尿布，但「褯」讀入聲，調不合。

tsū（ㄗㄨ7）應作「藉」，易大過：「藉用白茅」，釋文：「在下曰藉」，漢書董賢傳：「嘗晝寢，偏藉上袂」，注：「藉，身臥其上也」，文選孫綽遊天台山賦：「藉萋萋之纖草」，注：「以草薦地而坐曰藉」，可見「藉」即墊子【名詞】，即墊著【動詞】。廣韻：「藉，慈夜切」，讀tsiā（ㄐㄧㄚ7），語音讀tsē（ㄗㄝ7）、tsū（ㄗㄨ7）。

0898　有較差【有較絕】

　　當我們去KTV唱歌，臺語歌字幕偶會出現「有卡詛」、「無卡詛」的歌詞，意思是「有比較好」、「沒比較好」，「卡詛」讀做khah-tsuàh（ㄎㄚㄏ4-ㄗㄨㄚㄏ8），是標準記音寫法，義不足取。

　　「有卡詛」、「無卡詛」倒可改作「有較絕」、「無較絕」，其中「較kah（ㄍㄚㄏ4）」音變讀成送氣音khah（ㄎㄚㄏ4），日常生活亦常聽到，如「紙有較厚」、「你無較豪」。而「絕tsuàt（ㄗㄨㄚㄉ8）」也音變說成tsuàh（ㄗㄨㄚㄏ8），漢書劉歆傳：「博見彊志，過絕于人」，鮑照代朗月行：「鬢奪衛女迅，體絕飛燕光」，絕，超越也。較絕，比較超越也，亦即比較好。

　　方言三：「差，愈也，南楚，病愈者謂之差」，三國志魏志張遼傳：「病小差」，亦即病情稍微好轉，故「差」有好義【其實「差」也作不好義，古語一字兼正反義，乃常有的現象】。

　　「差」可讀tsha（ㄘㄚ1），如差別；可讀tshuàh（ㄘㄨㄚㄏ8），如偏差；可讀tsuàh（ㄗㄨㄚㄏ8），如有較差、無較差。

0899　蟉蟻 【家蟻、家蛥】

　　蟑螂是日常生活中常見的害蟲，齧咬衣物，傳染疾病，為眾人所嫌惡，河洛話稱牠為ka-tsuáh（ㄍㄚ1-ㄗㄨㄚㄏ8），俗作「蟉蟻」。

　　集韻：「蟉，蟉蟉，蟲名」，到底又是何物？集韻：「蟉，蚴蟉，龍皃」，集韻：「蟉，蝍蟉，龍首動皃」，其造詞「蟉虯」作盤曲解，吾人還是猜不出「蟉」為何物，至於「蟉蟻」就更不用說了。

　　「蟉蟻」宜作「家蟻」、「家蛥」，爾雅釋蟲：「蛥，茅蜩」，注：「江東呼為茅蠘，似蟬而小」，集韻：「蛥，或作蛥」，方言十一：「蟬，其大者謂之蟟，或謂之蝒馬，其小者謂之麥蛥」，前述「茅蠘」、「麥蛥」以其居處得名，居茅草之蠘稱「茅蠘」，居麥田之蛥稱「麥蛥」，同理，蟑螂藏居家中，當稱「家蟻」、「家蛥」。

　　河洛話常以動物所居之處來為動物命名，如居田中之螺稱「田螺」，居林中之蛸 【長腳蜘蛛】 稱「林蛸nâ-giâ（ㄋㄚ5-ㄍ’ㄧㄚ5）」，居水中之蛙稱「水蛙 【「蛙」讀ke（ㄍㄝ1），俗多作水雞】 」，居苦楝樹上之天牛稱「苦楝牛」，居木中之虱稱「木虱」。

0900　轉【撰】

　　「鹿鼎記」算是武俠小說中的一個異數，書中主角韋小寶不但不學無術，而且毫無武功，最後還當了鹿鼎公，娶了七個美嬌娘，靠的竟是一根三吋不爛之舌。

　　像韋小寶這種人，可說是標準的「言語的巨人」，靠一張嘴翻天覆地，出生入死，簡直無所不能，河洛話說這種人的嘴巴很會「轉tsuān（ㄗㄨㄢ7）」，意思是很會說話。

　　說陀螺很會轉，還差不多，說嘴巴很會轉，就顯得奇怪了，是暗藏很會轉話鋒的意思嗎？但不管如何，嘴巴很會「轉」的說法是有問題的【其實「轉」讀二調，不讀七調】。

　　嘴巴很會說話，河洛話應作「喙誠豪撰tshuì-tsiâⁿ-gâu-tsuān（ㄘㄨㄧ3-ㄐㄧㄚ5鼻音-ㄍ'ㄠ5-ㄗㄨㄢ7）」，「喙」即嘴巴，「誠豪」即很會。

　　字彙：「撰tsuān（ㄗㄨㄢ7），造也」，又曰：「撰，撰述也」，「造」則無中生有，「述」則據實以敘，皆能言者之專擅，尤其「造tsō（ㄗㄜ7）」的河洛話又說tsōng（ㄗㄛㄥ7），如「他誠愛造人的是非」，與「撰」用法相近，音亦相近。

嘴殘【嘴泉】

河洛話說「唾液」為tshuì-tsuâⁿ（ㄘㄨㄧ3-ㄗㄨㄚ5鼻音），俗有作「嘴殘」，「嘴殘」指食餘【吃剩的食物】，實與「唾液」無關。但論者說：俗謂夫妻因吃彼此的「嘴殘」，故言行、長相相近，「嘴殘」即「食餘」，而食餘中留有夫妻彼此之唾液。

由上可知，tshuì-tsuâⁿ（ㄘㄨㄧ3-ㄗㄨㄚ5鼻音）不是指食餘，而是指食餘中的唾液，硬將tshuì-tsuâⁿ（ㄘㄨㄧ3-ㄗㄨㄚ5鼻音）寫做「嘴殘」實為不妥。

tshuì-tsuâⁿ（ㄘㄨㄧ3-ㄗㄨㄚ5鼻音）應作「嘴泉」。按「泉」原指潬穴所出之水，俗常將其出處冠於前，如山泉、淵泉、石泉、林泉、野泉，唾液猶若泉水，出於嘴，故稱「嘴泉」，不但合情合理，而且自然生動。

按古來說唾液之字如水tsuí（ㄗㄨㄧ2）、唾thok（ㄊㄛㄍ4）、涎nuā（ㄋㄨㄚ7）、津tin（ㄅㄧㄣ1），「泉」亦是。

俗亦說「嘴泉」為「嘴涎泉」，這和說「種樹」為「種樹木」，說「行路」為「行街路」，說「罩霎」為「罩霎霧」，情形一樣。

0902 濺尿【濺尿】

「濺」字韻書注讀三調，或因含「賤」聲根，一般口語音
亦讀如賤tsiān（ㄐㄧㄢ7），音轉tsuāⁿ（ㄗㄨㄚ7鼻音），這與煎
藥的「煎」兼讀tsian（ㄐㄧㄢ1）與tsuaⁿ（ㄗㄨㄚ1鼻音）的道理
一樣。

集韻：「濺，水激也」，中華大字典：「今俗猶謂汙水灑衣
謂濺」，可見「濺」兼含水激及汙灑義。

史記藺相如傳：「相如請得以頸血濺大王矣」，濺即噴灑，
河洛話用例極多，如濺水、濺農藥、濺蟳仔水、濺殺草劑、放尿
濺過溪……等。

集韻：「濺，或作濺」，「濺」與「濺」情況一樣，韻書
注三調，口語讀七調tsuāⁿ（ㄗㄨㄚ7鼻音），說文：「濺，污灑
也」，段注：「謂用污水揮灑」，說文又曰：「濺，一曰水中人
也」，段注：「中，讀去聲，此與上文無二義，而別之者，此兼
指不污者言也，上但云灑，則不中人也」，用法與「濺」一樣。

其實口語「濺【濺】」亦有讀成三調的用例，如濺尿、濺
屎、濺及嘴角全沫。

潷出來【捽出來】

「捽」從扌粹聲、「潷」從水粹聲，韻書注兩字字音皆為「子末切」，讀tsuat（ㄗㄨㄚㄅ4）、tsuah（ㄗㄨㄚㄅ4）。

「潷tsuat（ㄗㄨㄚㄅ4）」從水，與水有關。集韻：「潷，水濺也」，如碗中湯汁因震動而噴濺出來，河洛話即說「湯潷出來」【亦作「湯濆出來」，見0904篇】。

「捽tsuat（ㄗㄨㄚㄅ4）」從扌，與手有關。如舊時酷刑「捽指」，以小木幹五貫以繩，夾持手指而收之，集韻：「捽，逼也」，逼擠指頭之刑即「捽指」，換成現今說法，即「夾手指」的刑罰。

「捽指」為逼擠指頭，「指捽」則為以指逼擠，如以指逼擠青春痘稱「捽痘仔【「痘」讀thiāu（ㄊㄧㄠ7）】」、「給痘仔捽出來」，以指逼擠牙膏稱「捽齒膏」、「給齒膏捽出來」，以指逼擠藥膏稱「捽藥膏」、「給藥膏捽出來」，擠不出錢稱「捽無錢」，此處的「捽」白讀tsik（ㄐㄧㄍ4），此種音轉現象字例繁多，如色、力、赫、克、剋、尅、墼、栗、癧、漆、墨……等，可讀收at（ㄚㄅ）的音，亦讀收ik（ㄧㄍ）的音。

0904 決出來【濆出來、潵出來】

　　水太多會有「滿muá（ㄇㄨㄚ2）」、「溢ik（一ㄍ4）」、「淹im（一ㄇ1）」等現象，這些現象河洛話的意義不盡相同。

　　另外還有「tsuat（ㄗㄨㄚㄅ4）」的現象，指水因動盪而溢出，就如同河流之決堤，故有作「決」，「決」從水夬，夬亦聲，「夬」從大ㄩ，「大」象人舞動手腳，「ㄩ」象人轉動頭顱，如「吳」從口夬，言人搖頭擺臀，手舞足蹈，並開口唱歌，為「娛」之本字【因古代唱歌跳舞以娛人者多為女人，故後來加「女」成「娛」】；「決」從水夬，意指流動之水轉向，即水流出其應有範圍【後來指掘地使水流他行，含「治水」義】，水因動盪而溢出與「決」的情況相同，故稱水溢出為「決」，「決」讀kuat（ㄍㄨㄚㄅ4），口語音轉tsuat（ㄗㄨㄚㄅ4）。

　　其實作「濆」、「潵」更佳，西遊記第四十四回：「只是濆起些水來，污了衣服」，茶餘客話卷十六：「濺水上衣曰濆」，集韻：「潵，水濺也，或从贊」，「濆」同「潵」，而集韻注「濆」、「潵」皆「子末切」，讀tsuat（ㄗㄨㄚㄅ4）。

0905 尾錐、尾椎【尾脽】

　　河洛話說「尾錐【亦作尾椎】」為bué-tsui（ㄅㄨˊㄝ2-ㄗㄨㄟ1），不過卻有兩個意思，一指位於脊椎尾端的骨頭，即北京話說的「尾椎」，一指雞鴨尾部尖處的肥肉，即北京話說的「雞屁股」、「鴨屁股」。

　　俗說「尾椎骨」的時候，「椎」、「錐」、「脽」三字皆可用，因「椎」、「錐」、「脽」三字本來就通用。

　　「尾椎骨」有很多別稱，如「尾閭骨【「閭」語讀liu（ㄌㄧㄨ1），尾閭指尾端】」、「尾骶骨【「骶」語讀té（ㄅㄝ2），集韻：「骶，臀也」，字彙：「骶，脊尾曰骶」】」、「尾尻骨【「尻」語讀kha（ㄎㄚ1），廣雅釋親：「尻，臀也」，增韻：「尻，脊骨盡處」】」、「脽尾椎骨【「脽」語讀saî（ㄙㄞ5），集韻：「脽，臀也」】」。

　　雞屁股和鴨屁股因沒有骨頭，十分柔軟，不適用「椎」、「錐」二字，應作「脽」字為宜，寫做「脽尾脽」【因「椎」屬木部字，「錐」屬金部字，木金二部皆屬硬物，故不適宜寫「椎」、「錐」，「脽」屬肉部字，肉為柔軟之物，故「脽」字適用】，漢書東方朔傳：「連脽尻」，注：「脽，尻也」，「脽」即屁股肉，古例可證。

177

0906 土石流【水崩山】

　　記得有人問我：「土石流的『流』該讀lâu（ㄌㄠ5），還是
liû（ㄌㄧㄨ5）」？

　　我想了一下，說：「應該讀lâu（ㄌㄠ5）」。他問說為什
麼。我說，河洛話一般文讀【文言音】和語讀【白話音】盡量不參
雜，「土石」俗讀語讀音thô-tsióh（ㄊㄜ5-ㄐㄧㄜㄏ8），不讀文
讀音thó-sit（ㄊㄜ2-ㄒㄧㄅ8），因此「流」字也應讀語讀音lâu
（ㄌㄠ5），不讀文讀音liû（ㄌㄧㄨ5），「土石流」應該讀做thô-
tsióh-lâu（ㄊㄜ5-ㄐㄧㄜㄏ8-ㄌㄠ5）。

　　臺灣古稱高山國，兩千公尺以上的高山舉目皆是，下雨時極
易造成土石流，所幸臺灣山地草木叢生，水土保持極佳，不過近
數十年來，因工商發達，社會進步，臺灣人口暴增，山林及水土
遭受嚴重破壞，土石流的災害便時有所聞。

　　早期臺灣亦偶有土石流災情，那時河洛話說「土石流」為
「水崩山tsuí-pang-suaⁿ（ㄗㄨㄧ2-ㄅㄤ1-ㄙㄨㄚ1鼻音）」，意思
是指大水所造成的山崩災情，這才是「土石流」道地的河洛話
說法。

0907 出水【出主意】

如果說甲找乙「出水」，你知道「出水」是什麼意思嗎？

「出水tshut-tsuí（ㄘㄨㄉ4-ㄗㄨㄧ2）」是河洛話說法，意思有點像北京話說的「出氣」，河洛話所謂「找人出水」，亦即找人開刀、找人麻煩，或找人處理。

按，舊時銀子的成色稱「水」，轉為貨幣兌換貼補金、匯費、額外收入，亦稱「水」，鏡花緣第七十六回：「開錢店倒還有點油水，就只看銀水眼力還平常，惟恐換也不好，不換也不好，心裡疑疑惑惑，所以不敢就開」，梁啟超余之幣制金融政策：「故甲市與乙市間相互之匯兌，其匯水之多寡不能僅以兩市間相互之借貸關係而決定也」，「水」即指金銀錢財。

當一個人蒙受損失，找另一個人付出代價以彌補損失，便說找人「出水」，意思就是找人出錢，目的不外彌補損失，或解決問題，其中隱含找人開刀、找人麻煩、找人處理的意思。後來不管有無涉及金錢，都說「出水」。

有作「出主意」，以為「主意」合讀tsuí（ㄗㄨㄧ2），則偏向找人處理的意思。

0908　共準雞仔【共水雞仔】

　　俗言同時孵出之雞鴨曰「共準雞仔」、「共準鴨仔」，甚至言及人或物出於同時，亦稱「共準」，如「你合他是共準的」、「這是共準的名牌包」，「共準」讀做kāng-tsuí（ㄍㄤ7-ㄗㄨㄧ2）。

　　臺灣漢語辭典：「共準，意謂時空條件相等也」，說文：「共，同也」，廣韻：「共，渠用切」，讀kiōng（ㄍㄧㄛㄥ7），口語讀kāng（ㄍㄤ7），如共款、共樣、共一鍋飯。廣韻：「準，均也」，易繫辭上：「易與天地準」，釋文：「準，等也」，虞注：「準，同也」，「準tsún（ㄗㄨㄣ2）」在此音轉tsuí（ㄗㄨㄧ2）。

　　其實亦可作「共水」，袁宏道湖上雜敘：「法相長耳像極可觀，笋極可食，酒極可飲，頭水綿極可買」，「頭水」即頭一批，這和「頭水貨」、「二水貨」說法一致。可見「水」指物之等級、批次，因同等級往往同時出，亦因此表示時空條件相等，即所謂「共批kāng-phue（ㄍㄤ7-ㄆㄨㄝ1）【即同一批】」。

　　在此，「水」讀tsuí（ㄗㄨㄧ2），優於「準」。

時辰【時暫、時陣】

河洛話sî-tsūn（ㄒㄧ5-ㄗㄨㄣ7），即北京話「時候」，俗多作「時陣」，不過有以為「時陣」造詞欠妥，故改作「時辰」，中文大辭典：「時辰，時也」，義可行，但「辰」讀sîn（ㄒㄧㄣ5），為五調字，雖含「辰」之形聲字，如「振」、「震」俗皆讀tsùn（ㄗㄨㄣ3），音相近，調仍有出入。

寫做「時暫」應亦可，「時暫」在指一段時間，「暫tsām（ㄗㄚㄇ7）」讀七調，調值符合，且tsām（ㄗㄚㄇ7）可轉tsiām（ㄐㄧㄚㄇ7）、tsīm（ㄐㄧㄇ7）、tsūn（ㄗㄨㄣ7），可謂音義皆合。

一般最常看到的寫法是「時陣」，中文大辭典：「事勢發生歷若干時而止者曰一陣」，如雨下一段時間，稱「一陣雨」，亦稱「雨陣」；風颳一段時間，稱「一陣風」，亦稱「風陣」；同理，累積一段時間，俗稱「一陣時間【或說「一暫時間」】」，亦稱「時陣【或說「時暫」】」；「時陣」即某個時候，或某段時間。

廣韻：「陣，直刃切」，讀tīn（ㄅㄧㄣ7），口語讀tsūn（ㄗㄨㄣ7）。

0910 鬱卒【鬱戚、鬱積、鬱屈】

　　心情鬱悶俗作「鬱卒」，大概源於臺灣語典卷四：「鬱卒，猶鬱邑也。鬱為中心鬱結貌。楚辭：欿欿余鬱邑兮。註：鬱邑，愁也」。

　　按「鬱卒ut-tsut（ㄨㄅ4-ㄗㄨㄅ4）」一詞，「鬱」字不成問題，「卒」則不妥。「卒」作兵士【名詞】或死亡【動詞】解，「鬱卒」謂鬱悶之兵士或鬱悶而死，義已偏誤。

　　臺灣漢語辭典作「鬱戚」、「鬱積」、「鬱滯」，義合，其中「戚tshik（ㄑㄧ-ㄍ4）」、「積tsik（ㄐㄧ-ㄍ4）」皆入聲，且可音轉tsut（ㄗㄨㄅ4），故「鬱戚」、「鬱積」可用。

　　ut-tsut（ㄨㄅ4-ㄗㄨㄅ4）亦可作「鬱屈」，中文大辭典：「鬱屈，心憂不舒暢也，與鬱結同」，「屈」俗多讀khut（ㄎㄨㄅ4），然「屈」字從尸出聲，口語可讀如「出tshut（ㄘㄨㄅ4）」，音轉tsut（ㄗㄨㄅ4）。韓愈初南食貽元十八協律：「開籠聽其去，鬱屈尚不平」，蘇軾聞正輔表兄將至以詩迎之：「幾欲烹鬱屈，固嘗饌鉤輈」，唐孫華小病東松詩之一：「填膺鬱屈非能語，不遇長桑那得知」。

0911 柴耙、釵珮 【釵鎞】

河洛話「柴耙tshâ-pê（ㄘㄚ5-ㄅㄝ5）」是男人謙稱己妻的一種說法，以柴製的耙代表己妻，真是奇怪！

河洛話也以「牽手」、「太太」、「太座」、「姥bó（ㄅ ㄛ2）」、「妻」、「妾」稱妻子，中規中矩，何以獨「柴耙」如此突兀，是否寫錯了？

臺灣漢語辭典：「俗謙稱己妻為釵珮，因釵為婦女頭飾，珮則為衣飾，以象徵婦人也」，以「釵珮」謙稱己妻，顯然溫文典雅多了，只是廣韻：「釵，楚佳切」，讀tsha（ㄘㄚ1），廣韻：「珮，蒲昧切」，讀pē（ㄅㄝ7），「柴」、「釵」置前皆變七調，口語音相同，但「珮」讀七調，調不合。

其實不是「柴耙」，也不是「釵珮」，而是「釵鎞」，集韻：「鎞，釵也」，正字通：「鎞，櫛髮具」，杜甫詩：「耳聾須畫字，髮短不勝鎞」，蘇軾詩：「上客舉雕俎，佳人搖翠鎞」，集韻：「鎞，頻脂切，音毗pî（ㄅㄧ5）」，可音轉pê（ㄅ ㄝ5）。

「釵鎞」皆女性用物，故用以指稱女姓，河洛話則用來謙稱己妻。

0912 樵梳【柴梳】

　　河洛話稱「木梳子」為tshâ-se（ㄘㄚ5-ㄙㄝ1），俗作「柴梳」，亦有作「樵梳」。

　　按「樵」原指不成材的樹木，往往被砍採作為柴薪，後衍伸作砍伐、打柴義，用來指稱打柴人，甚至作焚燒義，故「樵」專指供作燃料用的木薪，造詞如樵山、樵女、樵戶、樵舟、樵車、樵居、樵林、樵斧、樵室……等，廣韻：「樵，昨焦切」，音tsiâu（ㄐㄧㄠ5），俗白讀tshâ（ㄘㄚ5）。

　　「木梳子」是木製櫛髮具，與供作燃料用的木薪無關，作「樵梳」實為不妥，還是以「柴梳」為宜，集韻：「柴，小木也」，可作燃料，亦可為器，如柴車、柴門、柴扉、柴柵、柴營、柴轂、柴關、柴籬等皆「柴」所造，「柴梳」亦是，正韻：「柴，床皆切，音豺tshâi（ㄘㄞ5）」，俗白讀tshâ（ㄘㄚ5）。

　　至於較大的tshâ（ㄘㄚ5）則應作「材」，原指成材之樹木，後衍伸作材料、才能義，集韻：「材，牆來切，音才tshâi（ㄘㄞ5）」，俗亦白讀tshâ（ㄘㄚ5），如棟樑之材、棺材。

0913 樵公生【豺公生、柴公生】

河洛話常用「生做seⁿ-tsò（ㄙㄝ1鼻音-ㄗㄛ3）」、「生成seⁿ-sîng（ㄙㄝ1鼻音-ㄒㄧㄥ5）」，或單一個字「生」，來敘述或形容一個人的長相和特質，如「好生做」、「生做怪怪」、「生成諸女體」，如「虎仔生」、「雞僆仔生」、「惡霸生【「惡霸」讀做à-pà（ㄚ3-ㄅㄚ3）】」、「懶懶生【「懶懶」讀做lám-nuā（ㄌㄚㄇ2-ㄋㄨㄚ7）】」、「狡獪生」、「鐵骨仔生」。

另有「tshâ-kang-seⁿ（ㄘㄚ5-ㄍㄤ1-ㄙㄝ1鼻音）」之說，稱瘦高而剛健之體型者，或稱富陽剛氣息的男人婆，俗有作「樵公生」，「樵公」即樵夫，以為長相若采薪男子，孔武有力，強健剛猛，其實未必然，宋之問早入清遠峽詩：「榜童夷唱合，樵女越吟歸」，可知采薪【樵】非男人專屬，且「樵公」狀瘦高剛健，純屬自臆之詞，有其不盡然處。

「樵公生」宜作「豺公生」，豺，動物名，形似狼犬，體型細瘦而健猛，群棲山林，性殘猛，與兕、虎、狼、貘等惡獸並稱，「豺公」即雄豺。

俗以生性剛猛或生相瘦健，稱「豺公生」，「豺」通「柴」，亦可作「柴公生」。

187

0914　硬插【硬扎、硬攙】

　　河洛話說ngē-tshah（ㄤㄝ7-ㄘㄚㄏ4）有三義，第一義為強硬插進，宜作「硬插」；第二義為身體硬朗，有以為「插天而立」的「插」在形容高聳狀，故「硬插」除作強硬插進，亦可作身體硬挺高立，此說可謂二義一寫，一詞二義。

　　若二義二寫，則涇渭分明，不生混淆，更為上策。上述第二義「身體硬朗」實可作「硬扎」。「硬」為狀詞，「扎」雖多作動詞，亦可作狀詞，漢語大詞典：「扎，方言，重也，實也」，如謝蒙秋鄌鄩調：「碾得扎，攤得寬，不用拾楞不掃邊」，「硬扎」即硬而扎實，運用於身體即硬挺、硬朗；運用於人事，則為強硬，如負曝閑談第三回：「這護勇聽得柳國斌的話來得硬扎……」。廣韻：「扎，側八切」，音tshat（ㄘㄚㄅ4），可轉tshah（ㄘㄚㄏ4）。

　　第三義為強將攙扶，宜作「硬攙」，如「他發病渾身軀無力，我硬攙他去病院」。

　　同樣是ngē-tshah（ㄤㄝ7-ㄘㄚㄏ4），一音三義，三義三寫，分作「硬插」、「硬扎」、「硬攙」，涇渭分明，方為良策。

請裁【信採、信且】

　　北京話「隨便」，河洛話說tshìn-tshái（ㄑㄧㄣ3-ㄘㄞ2），臺灣語典作「請裁」，謂敬請裁決，謙辭也，寫法看來典雅，其實「請」讀一二五七調，「裁」讀五七調，調不合，且「請裁」用法侷限，僅適用於回話之謙辭。如：

　　甲：「你每啉酒，抑是啉果汁？」乙：「請裁」。

　　若用在「他請裁講，咱請裁聽」，則欠妥。

　　高階標準臺語字典作「信採」，信，任意也，如信口、信手，寫法優於「請裁」。

　　信，任意也，隨便也，其實義已足，tshái（ㄘㄞ2）應屬虛字助詞，無義，則可作「信且」，詞構與姑且、暫且、尚且、況且、權且……等詞一樣。

　　韻會：「且，七序切，語上聲」，音tshí（ㄑㄧ2），音轉tshái（ㄘㄞ2），如「采tshái（ㄘㄞ2）」古音讀tshí（ㄑㄧ2）一樣。

　　甲：「你每啉酒，抑是啉果汁？」乙：「信且【其實是「信且啉啥攏可」的略語】」、「他信且講，咱信且聽」。不但音義兩合，而且典雅不俗。

189

0916 食齋【食菜】

時下養生當道，食素者眾，河洛話說「食素」為「食菜tsiȧh-tshài（ㄐㄧㄚㄏ8-ㄘㄞ3）」，稱長期茹素者【如和尚、尼姑】為「食菜人」。

不過有些菜俗稱「葷菜」，如蒜、韭、薤、椿、蔥、芸薹、胡荽……，不屬素食，故臺灣漢語辭典作「食齋」、「食齋人」，義可行，但「齋」讀平聲，調不合。

中文大辭典「葷素」條：「肉食曰葷，蔬食曰素」，逸周書大匡：「無播蔬，食無種」，孔晁注：「可食之菜曰蔬」，沈作喆寓簡：「……每飯必有魚肉蔬茹雜進」，以「魚肉」與「蔬茹」相對，漢語大詞典：「茹，蔬菜的總名」，又曰：「菜，蔬菜類植物的總稱」，可見蔬、茹、菜、蔬茹、蔬菜，五者一也。

漢語大詞典：「菜，指素食、齋食」，宋袁文甕牖閑評卷八：「黃太史過泗州，禮僧伽之塔，作發願文，痛戒酒色肉食……當其在宜州，棲遲瘴霧之中，非菜肚老人所宜，其況味蓋可知」。

故「食菜」有二義，一曰吃菜，一曰吃齋，俗作「食菜」、「食菜人」，寫法可行。

0917 田嬰、蜻蛉【田蚚】

　　大陸四川有魚能作嬰啼，名「娃娃魚」，名稱特殊，卻有根據。

　　臺灣鄉間有動物稱「田嬰tshân-eⁿ（ㄘㄢ5-ㄝ1鼻音）」，不識該名者，必難猜想該物為何物。其實「田嬰」即蜻蜓，乃眾所皆知之物，但河洛話卻以「嬰」名之，令人費解。

　　按「蜻蜓」的方言別稱極多，如蜻蛉、青亭、胡黎、胡離、赤卒、絳騶、桑根、蚰蛉、狐黎、**蝀蚚**、蚰蟷、蜻虰、蜻蟷、虰蛵、負勞、蟌、水蕈、諸乘、紗羊、白宿、赤衣使者、赤弁丈人……，簡直已到族繁不及備載的地步。

　　雖然如此，河洛話tshân-eⁿ（ㄘㄢ5-ㄝ1鼻音）似乎不在名單中，有人以為就是「蜻蛉」，可惜「蛉」讀五調【亭、蟷、蜓、黎、離等字亦是】，調不合。

　　tshân-eⁿ（ㄘㄢ5-ㄝ1鼻音）應作「田蚚」，因蜻蜓常現蹤鄉野田間，故冠「田」於前，這和土蛨、木蝨、水蛙、墓蟀的命名道理一樣，廣韻：「蚚，於脂切，音伊i（一1）」，音轉iⁿ（一1鼻音）、eⁿ（ㄝ1鼻音）、ne（ㄋㄝ1）、le（ㄌㄝ1）。

0918 髼鬙鬙【挐總總、挐宂宂、挐散散】

　　臺灣漢語辭典：「亂髮、棼絲狀曰髼鬙鬙 jû-tsháng-tsháng（ㄗˋㄨ5-ㄘㄤ2-ㄘㄤ2）」，說文：「髼，亂髮也」，集韻：「鬙，亂髮也」，故「髼鬙鬙」專指髮亂。

　　俗說 jû-tsháng-tsháng（ㄗˋㄨ5-ㄘㄤ2-ㄘㄤ2）泛指「亂」，非專指髮亂，作「髼鬙鬙」似嫌偏狹，俗亦有作「離悵悵」、「如縱縱」，但義不合。

　　其實可作「挐總總」、「挐宂宂」、「挐散散」，淮南子本經訓：「芒繁紛挐」，左思吳都賦：「攢柯挐莖」，注：「挐，亂也」。逸周書大聚解：「殷政總總若風草」，注：「總總，亂也」。說文：「宂，散也」，亦亂也。故挐、總、宂、散，皆亂也。

　　集韻：「挐，人余切，音如 jû（ㄗˋㄨ5）」；「總」可讀 tsáng（ㄗㄤ2），如一總草；廣韻：「宂，而隴切」，讀 jióng（ㄗˋㄧㄛㄥ2）；廣韻：「散，蘇旱切」，讀 sán（ㄙㄢ2）；聲部 ts（ㄗ）、tsh（ㄘ）、s（ㄙ）、j（ㄗˋ）屬同一發音部位，音可互轉，韻部 an（ㄢ）、n（ㄣ）、ang（ㄤ）、ong（ㄛㄥ）亦可互轉，故「總」、「宂」、「散」皆可音轉 tsháng（ㄘㄤ2）。

聳鬚【張鬚】

河洛話說「人因動怒或發威而鬚髯橫飛」為tshàng-tshiu（ち
尢3-くーㄨ1），無庸置疑的，tshiu（くーㄨ1）即「鬚」，那
tshàng（ち尢3）呢？

其實眉、髮、鬚、髯、毛的動態字並不多，如「鬚髯橫
飛」、「眉飛色舞」的「飛」字，「揚眉吐氣」的「揚」字，
「黃髮垂髫」的「垂」字，「鬚髮賁張」的「賁」和「張」字，
「毛骨聳【悚】然」的「聳」字。

前述的tshàng（ち尢3）當屬眉、髮、鬚、髯、毛的動態字，
俗有作「聳」，如毛聳聳、聳鬚，惟韻書注「聳」字讀sióng（ㄒ
ーㄛㄥ2），調不合。

廣韻：「張，知亮切，音帳tiòng（ㄉーㄛㄥ3）」，可轉
tiàng（ㄉー尢3）、tsàng（ㄗ尢3）、tshàng（ち尢3），tshàng-tshiu
（ち尢3-くーㄨ1）可作「張鬚」。

河洛話說「嘴鬚張張」、「嘴鬚賁賁」、「嘴鬚揚揚」，
「張」讀tshàng（ち尢3），「賁」讀phùn（ㄆㄨㄣ3），「揚」讀
giàng（ㄍˊー尢3），「張」、「賁」、「張」皆動詞，在此處，
動態字重疊後都狀詞化了。

0920 撞落去【濺落去、饌落去】

河洛話有說「相遇」為「相撞」，如「頂禮拜，我合伊於廟口相撞」，「撞」讀tōng（ㄅㄥ7），俗口語亦讀tshiāng（ㄑㄧㅊ7）。

因tshiāng（ㄑㄧㅊ7）可音轉tshāⁿ（ㄘㄚ7鼻音），故有以為今仍見用於河洛話口語的「撞一隻狗【打一隻狗】」、「撞一泡尿【灑一泡尿】」、「撞一頓飯【吃一頓飯】」，以上三個「撞」字都可讀tshāⁿ（ㄘㄚ7鼻音）。

隨著時代演變，語言文字亦由簡而繁，由粗而精，起初tshāⁿ（ㄘㄚ7鼻音）包含「打【下去】」、「灑【下去】」、「吃【下去】」，或其他動作，其主要意義不只「撞」，也含帶「下」，後來tshāⁿ（ㄘㄚ7鼻音）產生分化，用字也衍生開來，不再以「撞」或「下」概括之，除打一隻狗因屬明顯的手部動作，仍用手部「撞」字，作「撞一隻狗」，灑一泡尿則作「濺一泡尿」，吃一頓飯則作「饌一頓飯」。

「濺tsuāⁿ（ㄗㄨㄚ7鼻音）」，汙灑也，水激也；「饌tsuān（ㄗㄨㄢ7）」，飲食也；「濺」、「饌」二字都音轉tshāⁿ（ㄘㄚ7鼻音）。

白賊白譎【白說白話】

　　「白賊七」是臺灣民間傳說中有名的一號人物，此君以擅長說謊得名，河洛話「白賊pėh-tshát（ㄅㄝ厂8-ㄘㄚ匀8）」即說謊。玉篇：「白，告語也」，如稟白、告白、口白，中文大辭典：「賊，謂機詐也」，「白賊」即言語機詐不實，即說謊。

　　河洛話亦說「說謊」為「白譎pėh-kuat（ㄅㄝ厂8-ㄍㄨㄚ匀4）」，常與「白賊」合成「白賊白譎」一語。譎，詐也，欺也，「白譎」即話語多詐不實，其實與「白賊」同，「譎」通趹，通決，可讀如決kuat（ㄍㄨㄚ匀4）。

　　「白賊白譎」或亦可作「白說白話」，「白賊」對「白譎」，「白說」對「白話」，與「白吃白喝」詞構相同。

　　「白說白話」指虛假空無之言說，即說謊。「說suat（ㄙㄨㄚ匀4）」可音轉sat（ㄙㄚ匀4）、tshat（ㄘㄚ匀4），「話」則因從言舌聲，與以「舌」為聲根的括、适、聒、趏、鴰、蛞、栝、活、颳、佸、眣【這十一字皆讀kuat（ㄍㄨㄚ匀4）】一樣，可讀做kuat（ㄍㄨㄚ匀4）。

0922 賊【竊】

小偷，北京話稱「賊」，河洛話亦稱「賊」。

按「賊」从戈貝十聲【或說从戈則省聲】，意指動用武器強行取財，名詞指「逆亂者」【即「強徒」】，動詞指「傷害」、「殺」、「劫脅」【即「搶劫」】，如流賊、長毛賊、海賊等皆屬之，皆為窮凶惡徒，與小偷其實大不相同。

小偷本作「盜」，从皿欠水會意，作「見皿中財物，流口水，進而偷竊」義，「盜tō（ㄉㄜ7）」與「偷tho（ㄊㄜ1）」音義近即為明證，如掩耳盜鈴、監守自盜、盜用公帑、盜版、盜錄，明顯的，「盜」字反而「偷」味十足。

釋文：「往盜曰竊」，竊亦與盜、偷義近，後或因「竊tshiat（ㄑㄧㄚㄉ4）」與「賊tshȧt（ㄘㄚㄉ8）」音近，「賊」遂與盜、偷、竊相混用。

嚴格說，「盜賊」非同義複詞，「偷盜」和「竊盜」才是同義複詞，河洛話說「小偷」為tshȧt（ㄘㄚㄉ8），其實應該寫做「竊」。

現在，盜、賊幾近反用，古之盜成今之賊，古之賊成今之盜，真是有趣的轉變。

腥臊【生剿】

0923

　　「生」、「青」、「腥」的河洛話口語音都可讀tshe^n（ㄘㆤ1鼻音），但各有所指，不容混用。

　　河洛話稱美味豐盛的菜餚為tshe^n-tshau（ㄘㆤ1鼻音-ㄘㄠ1），俗有作「腥臊」，大概是以「腥臊」表大魚大肉，引申作豐盛、美味義，但「腥」、「臊」其實是大家厭惡，甚至避之唯恐不及的，一切經音義：「魚臭曰腥」，說文：「臊，豕膏臭也」，將tshe^n-tshau（ㄘㆤ1鼻音-ㄘㄠ1）寫做「腥臊」，實為不妥。

　　臺灣漢語辭典作「膳羞」，周禮天官膳夫：「掌王之食飲膳羞，以養王，及后世子」，作「膳羞」義勝，但音相去稍遠，尤其「膳」讀二、七調，調不合。

　　tshe^n-tshau（ㄘㆤ1鼻音-ㄘㄠ1）宜作「生剿」，作活宰義，與現今一些飲食店強調「現宰」的意思差不多，主要在強調食物新鮮，因食物新鮮所以味美，因為味美所以豐盛。

　　剿，殺也，集韻：「剿，初交切，音抄tshau（ㄘㄠ1）」，如剿滅、總剿。

0924　漢草【漢采】

　　「漢」作水名、朝代名、民族名，轉而指大男人，河洛話更作「體型」講，如大漢、細漢、高強大漢，且稱體型為「漢草hàn-tsháu（ㄏㄢ3-ㄘㄠ2）」。

　　「他漢草誠粗」，漢草，指體型的情況；「臺北的路草，我無熟」，路草，指道路的情況；「近來市草有夠差」，市草，指市場的情況。但「草」作情況解，無據。

　　「漢草」、「路草」、「市草」的「草」宜作「采」，左傳：「故講事以度軌量謂之軌，取材以章物采謂之物」，鹽鐵論：「堯眉高采，享國百載」，采，即情況，不過後來多作積極詞態【即褒義詞】，如文采、色采、風采、光采、神采、華采、精采、姿采，「采」字廣義指「情況」，狹義則用以狀其前字之美好情況【如「神采」廣義指精神的情況，狹義則指精神的美好情況；「色采」廣義指顏色的情況，狹義則指顏色的美好情況】。

　　故漢草、路草、市草，宜作漢采、路采、市采；「采」音tshái（ㄘㄞ2），口語轉tsháu（ㄘㄠ2），「踩踏」口語即讀tsháu-táh（ㄘㄠ2-ㄉㄚㄏ8），「睬邪【或作「睬瞧」】」口語即讀tshàu-siâu（ㄘㄠ3-ㄒㄧㄠ5），情形是一樣的。

花草【花藻、花采】

0925

　　單看「花草」這個詞，我們發現「花」和「草」乃兩種實體物。

　　河洛話說「花草hue-tsháu（ㄏㄨㄝl-ㄘㄠ2）」，與北京話義同，指的是花和草。

　　不過「花草」的河洛話另有一說，如「即領衫的『花草』誠好看」，此處的「花草」指花色、圖案或織繡紋路的情況，與實體物「花」和「草」無關，何況衣物的花色、圖案或織繡紋路，並不一定以花草圖案為限，舉凡蟲魚鳥獸、大地山川、地理宮室、器用珍寶、動物圖騰、抽象圖案……亦屬常見，故以「花草」代稱衣物花色、圖案或織繡紋路，不盡合理。

　　衣物的「花草」宜作「花藻」，指花色藻飾。「藻tsó（ㄗㄜ2）」白話讀tsháu（ㄘㄠ2），如水藻、金魚藻的「藻」俗都白讀tsháu（ㄘㄠ2）。

　　亦可作「花采」，「采」作情況義，如道路的情況稱「路采」，市場的情況稱「市采」，體型的情況稱「漢采」，同理，花色的情況即稱「花采」，「采tshái（ㄘㄞ2）」口語音轉tsháu（ㄘㄠ2）。

0926 聳耳人【臭耳人、臭耳聾】

　　河洛話稱人聽力差或甚至耳聾，說tshàu-hīⁿ-lâng（ㄘㄠ3-ㄏㄧ7鼻音-ㄌㄤ5），有作「聳耳人」，說文：「生而聾曰聳」，方言六：「聳，聾也，生而聾，陳楚江淮之閒，謂之聳，荊楊之閒及山之東西，雙聾者謂之聳」，作「聳耳人」義可行，只是廣韻：「聳，息拱切」，讀sióng（ㄒㄧㄛㄥ2），調不合。

　　俗多作「臭耳人」，係指「臭耳」的「人」，在此「臭」與氣味的香臭無關，而是用來引申形容厭惡、狠毒、敗壞的貶詞，與臭棋、臭罵、臭嘴、臭面、臭錢、臭排場、臭皮囊、臭婊子、臭娘子、臭架子……等用法一樣，「臭耳人」即耳聽能力不佳的人。不過「耳ní（ㄋㄧ2）」讀做hīⁿ（ㄏㄧ7鼻音），屬訓讀音。

　　亦可作「臭耳聾」，「耳聾」成詞也，即聽覺不足，戰國策秦策：「蘇秦曰：舌敝耳聾，不見成功」，老子十二：「五音令人耳聾」，杜甫耳聾詩：「眼復幾時暗，耳從前月聾」，河洛話口語不單說「耳聾」，而在「耳聾」前冠「臭」字來引申形容敗壞之意，作「臭耳聾」。

0927　臭彈【訬誕】

　　說大話的人，難免被譏在「放臭屁」，北京話、河洛話都如是說，奇怪，「說大話」怎會和「放臭屁」兜在一起？

　　此應源於河洛話，因河洛話把「放屁」稱為「彈tuāⁿ（ㄅㄨㄚ7鼻音）」，把「說大話」稱為tshàu-tuāⁿ（ㄘㄠ3-ㄅㄨㄚ7鼻音），俗作「臭彈」，即「放臭屁」，北京話受河洛話影響，亦如是說。

　　「臭彈」其實宜作「訬誕」，中文大辭典：「訬，弄言也，與謿通」，師古曰：「誕，大言也」，「訬誕」即胡謿說大話，集韻：「訬，楚教切」，讀tshàu（ㄘㄠ3），正韻：「誕，杜晏切」，白讀tuāⁿ（ㄅㄨㄚ7鼻音）。

　　臺灣漢語辭典作「哆誕」、「麤誕」，集韻：「哆，大貌」，廣雅釋詁：「麤，大也」，哆誕、麤誕，皆說大話也，惟「哆」、「麤」韻書注讀平聲，不讀三調，調不符。

　　或有作「謿誕」，雖「謿誕」與「訬誕」同義，但韻書注「謿」平聲、上聲，不讀三調，調有出入。

0928　無𣮈無潲、無操無守【無操無修】

一個人節操不好，修養不佳，河洛話會說此人bô-tshàu-bô-siâu（ㄅ'ㄜ5-ㄘㄠ3-ㄅ'ㄜ5-ㄒㄧㄠ5），聽起來很粗俗，俗作「無𣮈無潲」。

𣮈tshàu（ㄘㄠ3），男女性交也，是個標準粗俗字，世俗多用來罵人。

潲siâu（ㄒㄧㄠ5），男精也，史記周紀：「潲流於庭，化為玄黿，後宮童妾遭之而孕，無夫生子，是為褒姒」，雖「潲」俗多作涎沫義，實泛指魚龍口中或體內分泌出來的精氣，可使童妾受孕生子，其性質等同精液【見0626篇】。

「𣮈」和「潲」雖多作貶詞，但用「無𣮈無潲」罵人沒節操沒修養，令人難解。

「無𣮈無潲」宜作「無操無修」，作無節操無修養義，「操」即節操，廣韻：「操，七到切，音糙tshò（ㄘㄜ3）」，音轉tshàu（ㄘㄠ3）；「修」即修養，「修」古音讀tiâu（ㄉㄧㄠ5）【見0743篇】，口語音轉siâu（ㄒㄧㄠ5），「無操無修」俗亦說成「無操修」。

臺灣漢語辭典作「無操無守」，義可行，但韻書注「守」讀二、三調，調不合。

202

0929 搓鹿皮、夊路旁
【夊落皮、夊路旁】

　　形容「落魄潦倒」，河洛話說「搓鹿皮tshe-lȯk-phuê（ㄘㄝ1-ㄌㆦㄍ8-ㄆㄨㄝ5）」，作「搓鹿皮」純為記音寫法，義不足取。

　　說文：「夊，行遲曳夊夊也，象人兩脛有所躧也」，段注：「行遲者，如有所拕曳然」，徐箋：「行遲曳夊夊者，謂緩步而行，夊夊然，若有所曳也」，簡言之，「夊」即腳貼地磨擦拖曳而緩步徐行，集韻：「夊，山垂切」，可讀sui（ㄙㄨㄧ1）、sue（ㄙㄨㄝ1）、se（ㄙㄝ1），音轉tshe（ㄘㄝ1）。

　　「搓鹿皮」若作「夊落皮」，言夊行時因磨擦而致落皮，引申落魄潦倒，義有可取處；若作「夊路皮」，言夊行於路上，河洛話說「地面」為「土皮」，則「路皮」即指路面【但口語無「路皮」之說，作「夊路皮」有欠妥之處】。

　　或可作「夊路旁」，言夊行於路之兩旁，引申落魄潦倒，自然簡明，且生動鮮活，造詞與「死路旁sí-lō-pông（ㄒㄧ2-ㄌㆦ7-ㄅㆦㄥ5）」相似，集韻：「旁，蒲庚切，音彭phêⁿ（ㄆㄝ5鼻音）」，可音轉phê（ㄆㄝ5）。

0930 錯破空【剡破空、擦破空】

　　河洛話「tshè（ㄘせ3）」作動詞，亦作名詞，動詞作磨擦解，名詞指磨光器具的瓦石、纖維或粗糙物體，說文：「厝，厝石也」，即磨刀石，晉灼曰：「厝，古錯字」，廣韻：「厝，倉故切」，讀tshò（ㄘㄛ3），可音轉tshò（ㄘㄜ3）、tshè（ㄘせ3）。

　　「厝」、「錯」為名詞，亦為動詞，作磨擦義，如錯鼎鍋、錯櫥仔，俗說磨擦受傷為tshè-phuà-khang（ㄘせ3-ㄆㄨㄚ3-ㄎㄤ1），即「錯破空」，河洛話俗稱傷口為「空」，不過「錯破空」亦可作「剡破空」，廣韻：「剡，此芮切」，音tshè（ㄘせ3），廣雅釋詁四：「剡，傷也」。

　　或乾脆直書「擦破空」，雖與北京話相近，不過平易通俗，倒不失為一種好寫法，篇海：「擦，摩之急也」，中文大辭典：「今謂拭抹亦曰擦」，故「擦鼎鍋」、「擦櫥仔」、「擦破空」皆為合宜寫法。按「擦」從扌察聲，「察」從宀祭聲，「擦」可白讀祭tsè（ㄗせ3），音轉tshè（ㄘせ3）。

粿粞【粿粞】

　　逢年過節，民間常將米漬水中，使米粒飽含水分，後置石磨磨成米漿，再以重物壓出水分或埋於灰燼堆吸去水分，使成塊狀，稱為「粿粞kué-tshè（ㄍㄨㄝ2-ㄘㄝ3）」，用來製作粿食，如甜粿、芋粿、菜頭粿……，作為應節食品。只是寫做「粿粞」，字書卻未收「粞」字，不知其義為何。

　　本草綱目：「痰飲成齁，遇寒便發，取花研末，和米粉作粿，炙熟食之，即效」，粿，即米食，其材料為米粉，即tshè（ㄘㄝ3），即kué-tshè（ㄍㄨㄝ2-ㄘㄝ3），宜作「粿粞」，集韻：「粞，米碎曰粞」，集韻：「粞，碎米，或作糈」，明陸容菽園雜記卷二：「舂者多碎而為粞，折耗頗多」，按「粞」可乾可溼，乾米粒舂碎者為乾，成粉狀，漬水米磨碎者為溼，成塊狀。

　　康熙字典：「粞，思計切，音細sè（ㄙㄝ3）」，因聲部s（ㄙ）、tsh（ㄘ）屬同一發音部位，可轉tshè（ㄘㄝ3）。

　　「粞」即碎米，不管粉狀或塊狀，皆稱之。

0932 坐不是【詝不是、謝不是】

周禮：「命夫命婦不躬坐獄訟，故使宰與屬大夫對爭曲直」，注：「坐獄，兩造對訟，亦單言曰坐」，可知「坐獄」即以言語相爭。

「坐」從人土人，爭訟也，對質也，「獄」從犬言犬，亦爭訟也，對質也，兩字原是同義字，「坐獄」係同義複詞。

從表面看，「獄」乃言語相爭，深一層看，「獄」乃輸者之下場，即入監。

從表面看，「坐」亦言語相爭，深一層看，「坐」乃輸者之下場，一是道歉，一是入監【中文大辭典：科人之罪曰坐】。

河洛話保留古義，稱「言語相爭」、「道歉」為「坐tshē（ㄘㄝ7）」，如坐看啥人較有道理、坐不是。語文是會衍生的，後來「坐」多用於道歉，寫做「詝」，說文：「詝，慙語也」，即慚愧之語，集韻：「詝，助駕切」，口語讀tshē（ㄘㄝ7）。

其實亦可作「謝」，正字通：「自以為過曰謝」，集韻：「謝，詞夜切」，讀sē（ㄙㄝ7），可音轉tshē（ㄘㄝ7），如謝罪、謝不是。

0933 愶心【切心】

　　極端恨惡的情緒或心理，河洛話稱tsheh-sim（ㄘㄝㄏ4-ㄒㄧㄇ1），有作「愶心」，按「愶」字从心冊tsheh（ㄘㄝㄏ4）聲，實為理想用字，可惜中文大辭典：「愶，與憸同」，正字通：「愶，同憸」，憸，佞人也、強也、意不定也，無恨惡義。

　　tsheh（ㄘㄝㄏ4）可作「切」，「切」俗讀tshiat（ㄑㄧㄚㄅ4），如切菜、切斷；或讀tshè（ㄘㄝ3），如一切。

　　「切」有「深」義，用於詞首，如切痛、切情、切記；亦用於詞末，如熱切、激切、深切，音tshiat（ㄑㄧㄚㄅ4）。

　　一些描述負面情緒的詞，如悲切、慘切、苦切、凄切、痛切、楚切、惻切、慟切、憤切、傷切、憂切、哀切，「切」皆可讀tsheh（ㄘㄝㄏ4），屬消極狀詞，後來也作動詞，如譏切、切心。

　　其實「切」不聯結情緒字時，亦有負面情緒現象，如江淹傷愛子賦：「心切切而內圮」，張九齡西江夜行詩：「切切故鄉情」，謝朓郡內登望詩：「切切陰風暮」。

0934 切切咧【絕絕咧】

人際間關係或交情絕裂，河洛話說tshé（ㄘㄝ2），俗多作「切」，就字義上看，「切」字有其可取之處，因「切」即切斷，即斷絕，不過就字音上看，「切」讀tshiat（ㄑㄧㄚㄅ4）、tshè（ㄘㄝ3），雖與tshé（ㄘㄝ2）音近，調卻不合。

北京話稱彼此關係絕裂為「吹」，就是從河洛語音來的，如「他們兩個吹了」，「吹」可讀tshe（ㄘㄝ1）、tshè（ㄘㄝ3），音近tshé（ㄘㄝ2），但是調不合。

tshé（ㄘㄝ2）既是指稱彼此關係斷絕，應可作「絕」，「絕」讀tsuát（ㄗㄨㄚㄅ8），口語讀tsėh（ㄗㄝ厂8），如罵人的話「死絕」、「絕種」、「呪死絕詛」。

河洛話說關係斷絕為「tshé（ㄘㄝ2）」，也有說tshėh（ㄘㄝ厂8），尤其兩字疊用時，方言差便更加明顯，例如男女朋友談判時說「咱『tshé-tshé（ㄘㄝ2-ㄘㄝ2）』咧」，亦有說「咱『tshėh-tshėh（ㄘㄝ厂8-ㄘㄝ厂8）』咧」。

至今，吾人實在很難知道，tshé（ㄘㄝ2）、tshėh（ㄘㄝ厂8）何者才是正音，不過，寫做「絕」似乎要比「切」、「吹」為佳。

0935 紅膏赤蠘【紅光赤采】

　　稱人臉色紅潤，河洛話如何說？紅膏赤蠘？紅膏赤腮【蔡培火用詞】？紅膏赤脂？紅牙赤齒？紅牙赤舌？紅牙赤腮？紅牙赤蠘？紅光赤齒？還是……

　　河洛話歷史悠久，少說超過三四千年，幾千年來，音轉語變在所難免，到今天，我們有時會懷疑自己說的河洛話，是不是已是音轉語變的結果？是不是已是不正確的訛音？前面的舉例便是一個顯例。

　　廣韻：「采，倉宰切，音採tshái（ちㄞ2）」，古音讀tshí（ちㄧ2），今音比古音多一個a（ㄚ）音，詩經關雎：「參差荇菜，左右采之。窈窕淑女，琴瑟友之」，「采tshí（ちㄧ2）」和「友í（ㄧ2）」古音是押韻的。故前述例子應該寫做「紅光赤采âng-kong-tshiah-tshí（ㄤ5-ㄍㆲ1-ㄑㄧㄚㄏ4-ちㄧ2）」，是個典型成語結構詞，一三字「紅」與「赤」、二四字「光」與「采」，不但詞性互對，平仄也互對，簡單明白，精準明確，寫法優於紅膏赤蠘、紅膏赤腮、紅膏赤脂、紅牙赤齒、紅牙赤舌、紅牙赤腮、紅牙赤蠘、紅光赤齒。

0936 見尸、見経【見屍】

一般來說，喪家未將死者入殮之前，大家較不願前往喪家拈香或幫忙，因可能會看見屍體，那可是大忌，河洛話說看見屍體為kiⁿ-tshi（ㄍ一3鼻音-ㄘ一3），俗有作「見尸」。

說文部首訂：「尸即屍之古字」，尸即屍，但集韻：「尸，升脂切，音蓍si（ㄒ一1）」，讀平聲，調不合。

臺灣漢語辭典作「見経」，潮汕方言：「俗呼喪家為『目刺』，婦人惡語加人時，常曰：爾這目刺仔。應作墨経。案左傳僖三十三年：『晉人敗秦師於殽，子墨衰経』。注：『以凶服從戎，故墨之』，所以凡有喪事者，人呼為墨経【並非目刺】人家」。廣韻：「経，徒結切，音垤tiȧt（ㄅ一ㄚㄅ8）」，不過「経」从糸至聲，口語可讀如至tsi（ㄐ一3），只是「経」乃喪服，以麻葛為之，戴於首，或繫於腰，「見経」是指看見喪服，而不是看見屍體。

廣韻：「屍，矢利切」，讀si（ㄒ一3），音調合，改「見尸」作「見屍」似更佳。

0937 車畚箕【蚩畚箕、參畚箕】

「白鴒鷥，車畚箕」是極有名的河洛話童謠，很多人都能哼上幾句。

歌詞中「車畚箕tshia-pùn-ki（ㄑㄧㄚ1-ㄅㄨㄣ3-ㄍㄧ1）」，「車」字似乎不妥。

河洛話裡頭名詞作動詞的例子極多，如「米袋袋米」，前「袋」字是名詞，後「袋」字是動詞；如「批囊囊批」，前「囊」字是名詞，後「囊」字是動詞；如「用電電人」，前「電」字是名詞，後「電」字是動詞。

「車」字亦同，但稍顯繁複，如「貨車車貨」、「裁縫車車衫」、「車床車螺絲」，例句中前「車」字皆為名詞，後「車」字皆為動詞，首例後「車」字作載運義，二例後「車」字作縫製義，末例後「車」字作磨礪義，因「車」為名詞時，分指車輛、裁縫機械、工業機具，致使動詞字「車」的字義亦跟著產生變化。

「車畚箕」宜作「蚩畚箕」，作「戲耍畚箕」義，小爾雅廣言：「蚩，戲也」，「蚩tshi（ㄑㄧ1）在此讀tshia（ㄑㄧㄚ1）；或作「參畚箕」，作「推移畚箕」義，莊子知北遊：「日中參戶而入」，參tshia（ㄑㄧㄚ1），推開也。

0938 蚩戲【蚩蚩】

臺灣漢語辭典:「好動、喜騷擾曰tshia-tshi(ㄑㄧㄚ1-ㄑㄧ1),相當於蚩戲,小爾雅廣言:『蚩,戲也』」,則「蚩戲」為同義複詞,作「嬉鬧」義,集韻:「蚩,充之切」,音tshi(ㄑㄧ1),白讀tshia(ㄑㄧㄚ1),集韻:「戲,虛宜切,音羲hi(ㄏㄧ1)」,音轉tshi(ㄑㄧ1)。

其實「蚩」除作「戲」義,亦可作「亂」義,廣雅釋詁三:「蚩,亂也」,俗說小孩子好動,時時騷擾不定,亦稱tshia-tshi(ㄑㄧㄚ1-ㄑㄧ1),若作「蚩戲」,則「戲」字欠妥,改作「蚩蚩」則較妥切,且「蚩蚩」是個成詞。

法言重黎:「六國蚩蚩,為嬴弱姬」,文選劉峻廣絕交論:「天下蚩蚩,鳥驚雷駭」,注:「濟曰:蚩蚩,猶擾擾也」,白居易與楊虞卿書:「無側聞蚩蚩之徒,不悅足下者已不少矣」,以上「蚩蚩」即讀tshia-tshi(ㄑㄧㄚ1-ㄑㄧ1),「蚩」疊字成詞且一字二讀,這在河洛話裡頭是屢見不鮮的事,如接接、勸勸、懶懶、蓋蓋、擔擔、事事、拈拈、臭臭⋯⋯等也是。

0939　車鼓陣、尛鼓陣【蚩鼓陣】

相傳臺灣的車鼓陣源於黃河一帶的秧歌，傳至福建後，與南管音樂及民歌聯合，演變成歌舞小戲，稱「車鼓陣」、「車鼓弄」或「弄車鼓」，其中「車」字並非名詞，而是動詞，意思是舞、翻、戲，讀tshia（ㄑㄧㄚ1）。

莊子知北遊：「日中尛戶而入」，釋文：「尛，開也」，「尛」音tshia（ㄑㄧㄚ1），作推開解，如「尛開大門」，或作奢放、下大、豐、奢、侈等義，有人將「車鼓陣」改作「尛鼓陣」，音雖合，意思變成「推著鼓的陣仗」，義仍不可取，主因是「尛」字根本不具舞、翻、戲的意思。

小爾雅廣言：「蚩，戲也」，文選張衡西京賦：「蚩眩邊鄙」，注：「蚩，侮也」，亦即戲弄，方言十眠挺欺謾之語也注：「中國相輕易蚩弄之言也」，「蚩弄」即戲弄也，「蚩」音tshi（ㄑㄧ1），亦音tshia（ㄑㄧㄚ1）。

故「車鼓陣」、「尛鼓陣」宜作「蚩鼓陣」，「車鼓弄」、「尛鼓弄」宜作「蚩鼓弄」，「弄車鼓」、「弄尛鼓」宜作「弄蚩鼓」。

0940 車揚【奢樣】

　　一個人或注重外表的光鮮，或注重排場的隆重，或鋪排氣派的奢麗，或展現風采的煥發，河洛話稱此行事模樣為tshia-iāⁿ（ㄑ一ㄚ1-一ㄚ7鼻音），有以為「神采飛揚，有若車馳」，故作「車揚」，誠屬腳趾頭動的寫法，不可取。

　　所謂tshia-iāⁿ（ㄑ一ㄚ1-一ㄚ7鼻音），即「奢華之樣」，宜作「奢樣」。

　　一般來說，「奢華tshia-hua（ㄑ一ㄚ1-ㄏㄨㄚ1）」可作褒詞，亦可作貶詞，作褒詞時，猶艷麗也，如韓愈李花詩：「當春天地爭奢華，洛陽園苑尤紛拏」，紅樓夢第五十回：「疏是枝條豔是花，春妝兒女競奢華」；作貶詞時，猶奢侈豪華也，如醒世恆言杜子春三入長安：「我生來的是富家，從幼的喜奢華」。

　　「奢樣」亦可作褒詞與貶詞，作褒詞時，指春風得意、風采煥發的模樣；作貶詞時，指奢侈豪華的模樣。

　　廣韻：「奢，式車切」，俗白讀tshia（ㄑ一ㄚ1），集韻：「樣，弋亮切」，俗白讀iū（一ㄨ7鼻音），音轉iāⁿ（一ㄚ7鼻音）。

0941 笘擔【尖擔】

「擔taⁿ（ㄉㄚ1鼻音）」，以肩挑物也，動詞，轉名詞後指用以承挑之器具，仍讀taⁿ（ㄉㄚ1鼻音），如扁擔；亦指所挑之物，讀tàⁿ（ㄉㄚ3鼻音），如重擔。

廣韻：「扁，方典切，音匾pián（ㄅㄧㄢ2）」，口語讀píⁿ（ㄅㄧ2鼻音），扁擔的「扁」一般讀pún（ㄅㄨㄣ2），乃因循集韻所注：「扁，婢忍切【讀pún（ㄅㄨㄣ2）】」，以「扁」字稱擔名，是因為扁擔形狀扁而長。

用扁擔可挑兩擔或一擔物件，挑兩擔時，人居扁擔中間，物件鉤於扁擔兩端，挑一擔時，則以扁擔一端鉤挑物件於背後，扁擔呈前低後高狀。

另有一種「擔」用於兩人合挑，人分站擔之兩端，物件置擔中間，所挑之物多屬重物，所以才須兩人合挑，這種「擔」一般以圓形長竹為之，兩頭稍稍削尖以利穿過索套，故稱「尖擔tshiam-taⁿ（ㄑㄧㄚㄇ1-ㄉㄚ1鼻音）」，與「扁擔」的命名一樣，以擔兩端呈尖形來命名。

有作「笘擔」，似無義，「笘」作折竹箠、小兒書寫之簡片解，與挑物之擔無關。

0942　淺拖、剗拖 【趿屧】

「拖鞋」是一種簡單輕巧的鞋子，有頸蓋在腳背前端，穿時腳好像拖著鞋子走，或因此鞋名被冠稱「拖」字，河洛話則稱thua-á（ㄊㄨㄚ1-ㄚ2）、thua-á-ê（ㄊㄨㄚ1-ㄚ2-ㄝ5），或稱tshián-thua（ㄑㄧㄢ2-ㄊㄨㄚ1），俗作「拖仔」、「拖仔鞋」或「淺拖」。

有將「淺拖」作「剗拖」，李後主詞：「剗襪下香階」，「剗襪」謂以襪履地也，「剗」作「只著【即只穿著】」解，故拖鞋作「剗拖」音雖合，義卻不合。

急就篇注：「趿為韋履，頭深而兌，平底也，今俗呼為趿子」，中文大辭典：「趿子，猶今之拖鞋」，廣韻：「趿，此演切」，音tshián（ㄑㄧㄢ2）。

廣韻：「屧，履屬，有頸曰屧」，廣韻：「屧，他回切，音推thue（ㄊㄨㄝ1）」，可轉thua（ㄊㄨㄚ1），如「花hue（ㄏㄨㄝ1）」亦讀hua（ㄏㄨㄚ1），如艱苦罪過的「過」俗讀kuà（ㄍㄨㄚ3）【「過」本讀kò（ㄍㄛ3）、kuè（ㄍㄨㄝ3）】。

故「拖仔」、「拖仔鞋」、「淺拖」，應作「屧仔」、「屧仔鞋」、「趿屧」。

0943 尰尰走【蹌蹌走、蹡蹡走】

河洛話說tshiàng-tshiàng-tsáu（ㄑㄧㄤ3-ㄑㄧㄤ3-ㄗㄠ2）指一種特別的走路方式，像跑又像跳，全身尤其頭部明顯一上一下，可能因兩腳不等長，也可能因歡喜或著急的關係，有作「尰尰走」。

廣韻：「尰，足腫病」，音tsióng（ㄐㄧㄛㄥ2）、tsíng（ㄐㄧㄥ2），可音轉tshíng（ㄑㄧㄥ2）、tshiáng（ㄑㄧㄤ2），總之讀做二調，不讀三調，河洛話口語確有用例，如腳痛走路即說「尰咧尰咧」，或說「蹙咧蹙咧【「蹙」讀tshik（ㄑㄧㄍ8）】」。

tshiàng-tshiàng-tsáu（ㄑㄧㄤ3-ㄑㄧㄤ3-ㄗㄠ2）宜作「蹡蹡走」、「蹌蹌走」，按「蹡」同「蹌」，集韻作「七亮切，漾去聲」，讀tshiàng（ㄑㄧㄤ3），中文大辭典注「蹡」：「行不正貌、亂走、走」。

按「蹌」通「搶」，說文：「搶，鳥獸來食聲」，則「搶tshńg（ㄘㄥ2）」即食，如「搶魚刺」；書益稷：「鳥獸搶搶」，釋文：「搶，舞貌」，則「搶tshíng（ㄑㄧㄥ2）」指鳥獸之足爪動作，如「雞仔搶壁下【「下」讀kha（ㄎㄚ1）】」。

0944 相撞【相戕】

「撞」字从扌童tông（ㄅㄛㄥ5）聲，表現在口語上，可說紛紜多貌，單就「相撞」一詞，語音就好幾個。

例如車子與車子相撞的「撞」，可讀tōng（ㄅㄛㄥ7）、tsông（ㄗㄛㄥ5），人與人相遇，河洛話亦稱「相撞」，「撞」讀tng（ㄅㄥ7）、tshiâng（ㄑㄧㄤ7），雖語音多樣，卻在一定範圍內，合乎語音變化常理。

照理，「撞」可音轉tshiâng（ㄑㄧㄤ5），如河洛話說對決、相拚、開打為sio-tshiâng（ㄒㄧㄛ1-ㄑㄧㄤ5），即可寫做「相撞」，其他如「撞落去【打下去】」、「我加撞【我打】」、「撞與倒【打倒】」，與讀成tōng（ㄅㄛㄥ7）、tsông（ㄗㄛㄥ5）的「相撞」、「撞落去」、「我加撞」、「撞與倒」就混淆了。

讀tshiâng（ㄑㄧㄤ5），宜作「戕」，「戕」聲根爿tshiâng（ㄑㄧㄤ5），而且从戈，殺伐意味濃厚，不管是「相戕」，還是「戕落去」、「我加戕」、「戕與倒」，音合，且表義生動，要比「相撞」、「撞落去」、「我加撞」、「撞與倒」為佳。

0945

滾澪澪、澪澪滾
【滾沖沖、雀雀滾】

　　臺灣漢語辭典：「俗以大火煮開之水為滾tshiâng-tshiâng（ㄑ一ㄤ5-ㄑ一ㄤ5），相當於騰騰、澪澪」，騰tîng（ㄉㄧㄥ5），上升、跳躍也，「滾騰騰」即向上滾動或跳躍滾動，義合，但音不符。澪tshiâng（ㄑ一ㄤ5），小水入大水也，水落也，如澪水、澪身軀，「滾澪澪」指水往下衝滾，與大火將水煮開後沸水向上滾動剛好相反，作「滾澪澪」義不合。

　　「滾騰騰」、「滾澪澪」宜作「滾沖沖」，說文：「沖，涌繇也」，段注：「繇搖古今字，涌，上涌也，搖，旁搖也」，集韻：「沖，持中切」，音tshiông（ㄑ一ㆲ5），可轉tshiâng（ㄑ一ㄤ5），「滾沖沖」即水向上涌滾。

　　「滾沖沖」口語有倒語句型，俗作「澪澪滾」，義不合【此處「澪」讀七調，集韻：「澪，仕巷切」，俗白讀tshiāng（ㄑ一ㄤ7），如水澪（瀑布）】，應作「雀雀滾」，雀，躍也，音tshik（ㄑ一ㄍ8）、tshiák（ㄑ一ㄚㄍ8），如雀雀跳、雀雀滾，「雀雀滾」即跳躍滾動。【因「沖」不讀七或八調，「沖沖滾」與口語不合，故不宜】

0946 喬看看【摷看麼】

以前所謂臺灣國語，是指含河洛話腔調的北京話，例如河洛話沒捲舌音，所以ㄓㄔㄕㄖ發成ㄗㄘㄙㄗ'，把「吃飯」說成「粗飯」；沒有唇齒音，所以ㄈ發成ㄏ，把「恭喜發財」說成「恭喜花財」。

今臺灣國語更加為甚，直接將河洛話移植到北京話裡頭，例如現在十分流行的「時間再喬看看」，這「喬」字就是不折不扣的河洛話tshiâu（ㄑㄧㄠ5）的假借字。

tshiâu（ㄑㄧㄠ5）有時有「矯正」的意思，如把不正的變正、不好的變好、不宜的變適宜，則可作「矯」，史記仲尼弟子傳：「江東人矯子庸疵」，集解曰：「矯音橋」，可見「矯」可讀五調，造詞如「矯與它正」、「矯與它好」。

tshiâu（ㄑㄧㄠ5）有時單純作「移動」義，無關矯正，則宜作「摷」，廣雅釋詁一：「摷，動也」，集韻：「摷，動也」，前述「喬看看」可作「摷看麼【「麼」讀māi（ㄇㄞ7）】」，或「摷看咧」。

語言是活的，新時代會產生新語言，但用字如果錯誤，恐怕後人便摸不著頭緒了。

0947 招集、搜索【籌措、籌策】

王褒洞簫賦：「玄猿悲嘯，搜索乎其間」，注：「搜索，往來也」，故有將「搜索」作無法鎮定，或無事忙碌狀，河洛話讀做tshiâu-tshik（ㄑㄧㄠ5-ㄘㄧㄍ8）。

河洛話說tshiâu-tshik（ㄑㄧㄠ5-ㄘㄧㄍ8），其實只單純作「籌措」義，無關內心鎮定不鎮定，外表忙碌不忙碌，俗亦有作「招集」，音近，義卻不合，顯然不宜。

tshiâu-tshik（ㄑㄧㄠ5-ㄘㄧㄍ8）可細分tshiâu（ㄑㄧㄠ5）和tshik（ㄘㄧㄍ8），皆動詞，其中tshiâu（ㄑㄧㄠ5）尤盛行於時下，甚且入侵北京話，成為新語言，寫做「喬」，如「喬時間」、「喬地點」、「喬人馬」、「喬看咧」。

河洛話tshiâu（ㄑㄧㄠ5）有時具移動義，但此處的tshiâu（ㄑㄧㄠ5）作「籌劃」解，不作「移動」義，宜作「籌」，廣韻：「籌，直由切」，讀tiû（ㄉㄧㄨ5），可音轉tshiû（ㄑㄧㄨ5）、tshiâu（ㄑㄧㄠ5）。

「籌措」、「籌策」文讀tiû-tshik（ㄉㄧㄨ5-ㄘㄧㄍ4），白讀tshiâu-tshik（ㄑㄧㄠ5-ㄘㄧㄍ8），如「秋季旅行由你籌措」。

0948 摯摯【切切】

河洛話說到「忙碌」，是從反方面說的，說成「無容bô-îng（ㄅˋ ㄜ5-ㄧㄥ5）【亦可作「無冗」，見0150篇】」，意思是沒有閒暇、沒有空閒。

疊詞「摯摯tshih-tshih（ㄑㄧㄏ4-ㄑㄧㄏ4）」常用來形容「無容」，漢書竇田灌韓傳贊：「臨其摯而顛墜」，注：「李奇曰：摯，極也」，河洛話說「無容摯摯」、「熱摯摯」、「興摯摯」，「摯摯」皆作極義，韻書注「摯」讀如至tsì（ㄐㄧ3）、致tì（ㄉㄧ3）、質tsit（ㄐㄧㄉ4），口語音轉tshih（ㄑㄧㄏ4）、tshì（ㄑㄧ3）。

「摯摯」亦可作「切切」，漢書霍光傳：「切讓王莽」，注：「切，深也」，亦即深切，河洛話說「無容切切」、「熱切切」、「興切切」，「切切」即深切，韻書注「切」讀如竊tshiat（ㄑㄧㄚㄉ4）、砌tshì（ㄑㄧ3），口語音轉tshih（ㄑㄧㄏ4）。

其實「摯摯」、「切切」口語有四種讀法，一為tshih-tshih（ㄑㄧㄏ4-ㄑㄧㄏ4），二為tshì-tshì（ㄑㄧ3-ㄑㄧ3）、三為tshih-tshah（ㄑㄧㄏ4-ㄘㄚㄏ4）、四為tshì-tshà（ㄑㄧ3-ㄘㄚ3），時下仍時有聞說。

0949 促、入【力、抑】

　　手用力下壓，河洛話稱tshih（ㄑㄧㄏ8），有人寫做「促」，說文：「促，迫也」，廣韻：「促，近也」，「迫近」河洛話確實說「促tshih（ㄑㄧㄏ8）」，如「促向前」、「促倚去」，然「促」並無「手用力下壓」義。

　　若作「入jih（ㄐㄧ'ㄏ8）」，說文：「入，內也」，意指使入於內，如「入向內面」、「入向前」、「入倚去」，「入」亦無「手用力下壓」義。

　　李敬齋：「九，臂節ㄐ曲，故曰九」，河洛話大師陳冠學先生則直指：「九，象縮手狀」，讀kiu（ㄍㄧㄨ1），妙哉！按「九」與「力」皆象形字，且形近，「九kiu（ㄍㄧㄨ1）」手向左曲臂，曲臂以示「縮手」。「力lih（ㄌㄧㄏ8）」手向下曲臂，曲臂以示「用力」，即向下「力tshih（ㄑㄧㄏ8）」，如「力開關」、「力腹肚」。

　　或亦可作「抑」，抑，按也，从扌从反印，手用印而向下按也。廣韻：「抑，於力切」，若「力」讀tshih（ㄑㄧㄏ8），則「抑」亦可讀tshih（ㄑㄧㄏ8），如「抑開關」、「抑腹肚」。

斥著人的意

0950 【逆著人的意、側著人的意】

違逆或偏離人家的意思，河洛話說「『tshik（�`ㄘㄧ ㄍ4）【或讀八調】』著人的意」，tshik（ㄘㄧ ㄍ4）有作「斥」，廣韻：「斥，昌石切」，讀tshik（ㄘㄧ ㄍ4），音合，惟集韻：「斥，逐也，遠也」，正字通：「斥，黜擯也」，亦指斥也，拒也，屬強烈反面動詞字，而「tshik（ㄘㄧ ㄍ4）」屬較委婉的反面動詞字，作「違逆」、「偏離」義，作「斥」嫌過於強烈，並不妥當。

說文通訓定聲：「庰，今字作斥」，可知「庰」讀如「斥」，說文：「庰，从广屰聲」，逆，違逆也，从辶屰聲，音可讀如「庰」，故「斥」、「庰」、「逆」三字同音，都讀tshik（ㄘㄧ ㄍ4）。

「側」亦讀tshik（ㄘㄧ ㄍ4），說文：「側，旁也」，即偏離，禮記曲禮上：「倒篋側龜於君前有誅」，注：「側，反也」，周禮匡人：「使無敢反側」，注：「反側猶背違法度也」，「側」即違逆。

故違逆或偏離人家的意思，可寫做「逆著人的意」、「側著人的意」。

切仔麵【雀仔麵】

　　河洛話muâ-tshiok（ㄇㄨㄚ5-ㄑㄧㄜㄍ4），寫成漢字就是「麻雀」，其實並不指鳥類的麻雀，而是指賭具「麻將」。

　　至於麻雀，因牠是鳥類，河洛話稱牠「雀鳥tshik-tsiáu（ㄑㄧㄍ4-ㄐㄧㄠ2）」；因牠喜愛稻實【河洛話稱稻子為「粟tshik（ㄑㄧㄍ4）」】，時常出現在稻田或曬穀場，河洛話便稱牠「粟鳥」；加上牠喜愛停歇屋角【河洛話稱屋角為「次角tshù-kak（ㄘㄨ3-ㄍㄚㄍ4）」】，在屋角飛上飛下，河洛話便稱牠「次鳥」、「次角鳥」，其實「粟」、「次」兩字乃「雀」字衍生而來。

　　麻雀以跳躍的方式移動位置，北話稱「雀躍」，河洛話稱「雀跳」、「雀雀跳」。

　　臺灣民間有一種麵食，其烹煮過程得將麵條置網狀杓內，於熱湯內上下篩動如雀之跳躍，故稱「雀仔麵」，俗多作「切仔麵」，甚至延伸指稱以豐富切料為物配之麵食，詞義已不同。

　　「雀跳」、「雀雀跳」、「雀仔麵」的「雀」字，口語有讀tshik（ㄑㄧㄍ8）。

0952 躍躍跳【雀雀跳】

　　「雀」不會走路，以「跳躍」移動位置，故「雀躍」、「雀跳」成詞，「雀躍」為北京話，「雀跳」為河洛話，讀tshik-tiô（ちー《4-ㄅ一ㄛ5）。

　　「躍」字從羽隹足，羽，鳥屬也，隹，鳥之短尾者也，足，腳也，會合「羽」、「隹」、「足」的結果，「躍」作跳義。

　　六書故：「大為躍，小為踊，躍離其所，踊不離其所」，故跳至他處曰「躍thiok（ㄊ一ㄛ《4）」，原地跳曰「踊liòng（ㄅ一ㄛㄥ3）」，今河洛話仍保留此說，如「四腳仔【青蛙】腳一躍，跳誠遠」、「細漢嬰仔腳踊咧踊咧，看起來誠活潑」。

　　詩小雅巧言：「躍躍毚兔，遇犬獲之」，集傳：「躍躍，跳疾貌」，韓愈韋侍講盛山十二詩序：「夫得利則躍躍以喜」，躍躍亦作喜貌，河洛話說tshik-tshik-tiô（ちー《4-ちー《4-ㄅ一ㄛ5），俗作「雀雀跳」，其實亦可作「躍躍跳」，因「躍thiok（ㄊ一ㄛ《4）」口語亦讀thik（ㄊ一《4）、tshik（ちー《4）。

　　俗「躍躍跳」、「雀雀跳」的「躍」、「雀」口語亦讀tshik（ちー《8）。

蹙物件【摵物件】

搖動容器中的東西，河洛話說 tshik（ㄘㄧㄍ8），有作「縮」、「實」，用意偏向搖動容器使容器中物品結實，以增加容量。

其實 tshik（ㄘㄧㄍ8）有兩種目的，一使東西密實，一與密實無關。欲使東西密實，宜作「蹙」，說文新附：「蹙，迫也」，中文大辭典：「蹙，屈聚也」，亦曰：「蹙，塞也」，如蹙做堆、蹙與實【「實」讀 tsȧt（ㄗㄚㄉ8）】、蹙蹙咧麵茶存半罐。

盧筆鸚鵒舞賦：「頷若燕而蹙頓」，「蹙」、「頓」乃燕飛行的兩種動作，即上下或左右的急速移動，像搖動容器般，集韻：「蹙，倉歷切」，音 tshik（ㄘㄧㄍ4），口語亦讀 tshik（ㄘㄧㄍ8）。

「蹙」從足戚聲，偏向足部動作，如李賀詩：「雀步蹙沙聲促促」。

一般搖動容器，靠的是手，宜作「摵」，從扌戚聲，讀 tshik（ㄘㄧㄍ4）、tshik（ㄘㄧㄍ8），如摵牛奶、摵籤筒、摵茼蒿，目的在使東西均勻，或重新排列，或自然分散，不一定為了使東西密實。

0954

鋟仔【鉦仔】

　　道教做法事會用到一種道具，為一對對稱圓銅片，中間鼓起，互擊而發tshim（ㄑㄧㄇ1）聲，與「鐃」類同，河洛話稱tshim-á（ㄑㄧㄇ1-ㄚ2），俗多寫做「鋟仔」，但寫法似乎不宜

　　正韻：「鋟，千林切，音侵tshim（ㄑㄧㄇ1）」，音合，但廣雅：「鋟，錐也」，可見「鋟」指稱器物時，是指錐，而不是道教法器或樂器，作「鋟仔」顯然不妥。

　　俗有發pi（ㄅㄧ1）音之器，稱篳仔pi-á（ㄅㄧ1-ㄚ2），發giang（ㄍ'ㄧㄤ1）音之器，稱鈃仔giang-á（ㄍ'ㄧㄤ1-ㄚ2），此道教法器發tshim（ㄑㄧㄇ1）音，或可用象聲法寫做「嗆仔」。

　　tshim-á（ㄑㄧㄇ1-ㄚ2）屬鐃鈸類，說文段注：「鐲鈴鉦鐃，四者相似而有不同」，說文：「鐃，小鉦也」，段注：「鉦鐃一物而鐃較小」，一般稱物小者於其詞尾加「仔」，則「鉦仔」即小鉦，亦即鐃，廣韻：「鉦，諸盈切，音征」，讀tsing（ㄐㄧㄥ1），可轉tshing（ㄑㄧㄥ1）、tshim（ㄑㄧㄇ1），作「鉦仔」要比「鋟仔」、「嗆仔」佳。

0955　篣【筅】

　　說文：「剖竹未去節，謂之篣」，段注：「謂未去中之相隔也」，「篣」白讀tshíng（ㄑㄧㄥ2），乃早期農村常見之物，係取長三四尺，徑六七公分竹莖，剖開六至十縱條，一端留約半尺未剖以供手握，用來敲擊地面或牆壁製造噪音以驅趕雞鴨，俗稱「雞篣」、「鴨篣」。

　　另有竹器「筅tshíng（ㄑㄧㄥ2）」，中文大辭典：「筅，筅帚也，飯帚也，析竹為之，以洒洗釜甌之屬者也」，通俗編器用筅帚：「通雅，析竹為帚，以洒洗也，宋韓駒有謝人寄茶筅子詩」。廣韻：「筅，蘇典切」，讀sián（ㄒㄧㄢ2），聲部ts（ㄗ）、tsh（ㄘ）、s（ㄙ）、j（ㄗ'）可互轉，韻部ian（ㄧㄢ）可轉ing（ㄧㄥ），如前、千、研、莧、肩、先、凝、零、拼……，故「筅sián（ㄒㄧㄢ2）」口語讀tshíng（ㄑㄧㄥ2）。「篣」、「筅」雖同音，但分指二物，實不可混用。

　　「篣」作名詞，如雞篣、竹篣；作動詞，如篣蜘蛛絲。

　　「筅」作名詞，如櫻筅、鮑魚筅、飯筅；作動詞，如筅生鍋【生鐵製的鍋子】、筅浴缸。

229

0956

鳥松【鳥榕】

　　廈門音新字典出版距今近百年，書中「松」、「榕」都注讀tshîng（ㄑㄧㄥ5）。

　　檜木因形似松柏，質似梧桐，人稱「松梧」；臺灣有老牌汽水名喚「鳥松」；人名如「石松」、「陳松勇」；「松」都讀siông（ㄒㄧㄛㄥ5）。廣韻：「松，祥容切，音淞siông（ㄒㄧㄛㄥ5）」，口語讀tshîng（ㄑㄧㄥ5），如松柏。

　　集韻：「榕，餘封切，音容iông（ㄧㄛㄥ5）」，口語讀tshing5（ㄑㄧㄥ5）。榕城隨筆描述榕樹：「閩中多榕樹，因號榕城。枝葉柔脆，幹既生枝，枝又生根，垂垂如流蘇，少著物即縈繫，或本幹自相依附，若七八樹叢生者，多至數十百條，合併為一，蟬蜷繆結，柯葉蔭茂」，這也就難怪「榕樹」又名「情樹」，河洛話稱它為tshîng（ㄑㄧㄥ5）【與「情tsîng（ㄐㄧㄥ5）」音近】。

　　松是松，榕是榕，樹種判然有別，混讀已屬不宜，若混寫則更不妥。高雄縣有地名「鳥松」者，「松」即讀tshîng（ㄑㄧㄥ5），但就地理位置，鳥松位於平地，應不產松，「鳥松」應為「鳥榕」之誤，「鳥榕」即「雀榕」。

0957

滄清【生清】

「滄」和「生」都可白讀tshⁿ（ちせl鼻音），音一樣，有些造詞也一樣，但詞義卻不一樣，不可混淆。

說文：「滄，寒也」，集韻：「滄，冷貌」，「滄」作寒冷義甚明，如滄滄、滄熱。

中文大辭典：「生，熟之對，一指未煮，二指新鮮，三指不馴熟【即陌生、生疏】」，玉篇：「生，產也【即產生】」，如生雞蛋、生啤酒、生人、生女。

俗說tshⁿ-líng（ちせl鼻音-カーム2），作「滄冷」，指天氣寒冷。作「生冷」，指生食或寒性食品。

俗說tshⁿ-bīn（ちせl鼻音-ケ'ーㄣ7），作「青面」，指驚嚇後發青的臉色。作「滄面」，指冷若冰霜的無情臉色。作「生面」，指陌生臉孔，俗亦說「生鮮面」，不過多被訛寫為「生鏽面」，成為生鏽的臉。

俗說tshⁿ-tshìn（ちせl鼻音-くーㄣ3），作「滄清」，恐懼也，「滄」、「清」皆作寒冷義，「滄清」乃藉寒冷來狀恐懼。作「生清」時，以生出冷意來狀恐懼，亦通。

0958 青菜【生菜】

　　北京話稱蔬菜為「青菜」，河洛話稱蔬菜為tsheⁿ-tshài（ㄘㄝ1鼻音-ㄘㄞ3），俗亦多作「青菜」，與北京話寫法一樣。

　　如果深究「青菜」這個詞，「青」乃顏色字，「青菜」應指青色蔬菜，僅指稱蔬菜的局部範圍，舉凡那些非青色的蔬菜則不包括在內，如茄子、紅椒、蘿蔔、金針、豆芽菜、竹筍……等，青菜既沒能概括所有蔬菜，稱蔬菜為「青菜」便不妥。

　　「青」雖讀tsheⁿ（ㄘㄝ1鼻音），河洛話說的tsheⁿ-tshài（ㄘㄝ1鼻音-ㄘㄞ3）卻不宜寫做「青菜」，而應作「生菜」，中文大辭典：「生，熟之對，一指未煮，二指新鮮，三指不馴熟，四指未熟之果或未鍊之鑛」，作以上義之「生」字，河洛話亦讀tsheⁿ（ㄘㄝ1鼻音），如生肉、生魚、生手、生分、生竹筍、生鐵，「生菜」亦是，意指未煮的、新鮮的菜，它概括所有蔬菜，不管是什麼顏色。

　　所以，俗說的「青菜沙拉」宜作「生菜沙拉」【北京話說「生菜沙拉」，倒是寫對了】，「生啤酒」宜作「生麥仔酒」，生啤酒廣告應作「生麥仔酒上生」，不是「生麥仔酒上青」。

0959

睛盲【青盲】

　　成語「初生之犢不怕虎」，換成河洛話，就是「青盲不驚銃」，「青盲tshⁿ-mê（ちせ1鼻音-ㄇせ5）」即瞎子，「銃」即鎗，這和「小嬰兒不怕水火虎狼」一樣。

　　按青盲，病名也。詩大雅靈臺矇瞍奏公孔穎達疏：「有眸子而無見曰矇，即今之青盲者也」，後漢書獨行傳李業傳：「是時犍為任永，及業同郡馮信，並好學博古，公孫述連徵命，待以高位，皆託青盲，以避世難」，筆苑雜記：「託青盲不仕」，醫宗金鑒外障總名歌小兒青盲歌：「小兒青盲胎受風，瞳子端然視物蒙」，賀新郎詞：「親見桑中遺芍藥，學青盲，假作癡聾耳」，可見「青盲」古來早已成詞，意思就是眼瞎。

　　俗有將「青盲」寫做「睛盲」，顧名思義，意指眼盲，廣韻：「睛，子盈切，音精tsing（ㄐㄧㄥ1）」，可轉tshin（ㄑㄧㄥ1）、tshⁿ（ちせ1鼻音），作「睛盲」就義就音，皆屬合宜寫法。

　　只是「青盲」既是成詞，且典籍中詞例斑斑，實以「青盲」為佳。

0960 生驚【倉驚】

　　中文大辭典：「生，熟之對」，可指未煮、新鮮、不嫻熟、未熟之水果、未鍊之鑛物，如生冷、生菜、生食、生疏、生番、生絲、生米、生澀，「生」口語都讀tshen（ちせ1鼻音）。

　　河洛話說「驚怕」為tshen-kian（ちせ1鼻音-ㄍ一ㄚ1鼻音），有作「生驚」，音可通，盧照鄰長安古意詩：「生憎帳額繡孤鸞，好取門聯貼雙燕」，詩詞曲語辭典：「生，甚辭，猶偏也，最也」，生憎，極憎惡也，則生驚，極驚怕也，義可通。不過河洛話tshen-kian（ちせ1鼻音-ㄍ一ㄚ1鼻音），只指驚怕，無關程度，且「生驚」有「產生驚怕」之歧義，而「生驚」、「起驚」與「起生驚」亦難分辨。

　　tshen-kian（ちせ1鼻音-ㄍ一ㄚ1鼻音）宜作「倉驚」，中文大辭典：「倉，匆遽貌」，即倉卒、倉皇，「倉驚」即遽然驚怕，「倉」音tshiong（くㄧㄛㄥ1），口語讀tshen（ちせ1鼻音），如倉促、倉皇tshen-kông（ちせ1鼻音-ㄍㄛㄥ5）【或作「倉黃」】、倉迫、倉狗、倉黑、倉頭。

生鯧【倉鯧】

　　「鯧tsho（ㄘㄛ1）」是一種魚，體狹長，全身銀白，人稱「白鯧」，因肉質粗糙，又略含苦味，民間亦稱「苦鯧」，是一種經濟價值不高的魚。

　　魚類和人一樣，各擁有不同的特質，如金魚悠閒，海豚聰慧，沙魚兇暴，鬥魚好鬥，鯧魚則以機警好動著稱，因此河洛話稱人好動不定為tsheⁿ-tsho-á（ㄘㄝ1鼻音-ㄘㄛ1-ㄚ2），俗作「生鯧仔」，似有幾分道理。

　　惟中文大辭典：「生，熟之對」，謂未煮、新鮮、不嫻熟、未熟之水果、未鍊之鑛物，「生」與「鯧」結合而成「生鯧」，應作活鯧魚或未煮之新鮮鯧魚義，與「好動不定」無關。

　　「生鯧仔」宜作「倉鯧仔」，倉，匇遽貌，鯧魚行動匇遽，忽前忽後，忽左忽右，其特質恰好就是「倉【即倉皇、倉卒】」，倉鯧，即如鯧魚一般的好動不定。

　　或亦可作「倉促仔【或倉猝仔、倉卒仔】」，但「促」讀入聲，調不合。

　　「倉鯧仔」、「倉鯧仔性」今仍盛行於河洛話口語間，常有聞說。

235

0962　菁仔叢【傖仔壯】

河洛話tshenn-á-tsâng（ㄘㄝ1鼻音-ㄚ2-ㄗㄤ5）意思大概有四。

其一，指一種可產檳榔菁的樹，俗稱「菁仔叢」，其實應作「菁仔章」。杜甫詩：「百頃風潭上，千章夏木清」，韓維詩：「千章翠木雲間寺」，樹一株曰一章，今作「一叢」、「一欉」，似非。

其二，一種密語，指大面額鈔票，亦寫做「菁仔章」，因早期大面額鈔票印有綠色樹木圖案，故有此說，此說法一般流行於中下階層。

其三，指軀體粗大而資質愚魯者，應作「傖仔壯」，按「傖」字作鄙賤解，鄙賤而軀體壯碩者即稱「傖仔壯」，「傖tshiong（ㄑㄧㄛㄥ1）」口語讀tshenn（ㄘㄝ1鼻音），禮記月令：「養壯佼」，疏：「壯謂容體盛大也」，雖「壯」俗多讀七調，但因與戕通，可讀五調，字彙：「壯，資良切」，讀tsâng（ㄗㄤ5）。

其四，有將第三義引伸借用，以指言行傖俗之人，則應寫做「傖仔人」或「傖仔生」，其中「生」字受日語影響，讀sàng（ㄙㄤ3）。

0963 秋清【峭清、峭瀞、峭淸】

　　有河洛話「粽謎」，謎題為：「四角峭峭，挈索仔繫半腰，相招落水死，上桌拜仙女」，謎題中「峭」口語讀tshio（ㄑ一ㄛ1）【按廣韻：「峭，七肖切，音俏tshiàu（ㄑ一ㄠ3）」，讀三調】，「峭峭」指粽子四角尖而高峭。

　　俗說一個人嘴巴極端活躍，言語犀利，如尖銳之芒角，亦以「峭」名之，曰「嘴峭極極tshuì-tshio-kiàk-kiàk（ㄘㄨ一3-ㄑ一ㄛ1-ㄍ一ㄚㄍ8-ㄍ一ㄚㄍ8）」。

　　求神擲筊，若兩只筊的角皆高峭向上，亦以「峭」名之，曰「峭貝tshiò-pue（ㄑ一ㄛ3-ㄅㄨㄝ1）」，俗訛作「笑杯」。

　　河洛話說氣溫冷涼，亦以「峭」名之，如峭寒、峭冷，河洛話亦稱tshio-tshìn（ㄑ一ㄛ1-ㄑ一ㄣ3），宜作「峭清」，或作「峭瀞」、「峭淸」，禮記曲禮上：「凡為人子之禮，冬溫而夏清」，清，涼也，廣韻：「清，七正切」，讀tshìng（ㄑ一ㄥ3）；集韻：「瀞，冷也，亦作淸」，集韻：「淸，楚慶切」，亦讀tshìng（ㄑ一ㄥ3）。

　　俗多作「秋清」，一稱秋氣清爽，一稱如秋之清爽，音義亦合。

0964

坦笑【坦哨】

正韻：「笑，蘇弔切，音肖siàu（ㄒㄧㄠ3）」，亦讀tshiàu（ㄑㄧㄠ3），如笑談，口語讀tshiò（ㄑㄧㄛ3），作欣、嗤、微笑解，有人將「面向上」也寫做「笑」，其理由則為：錢幣某一面有人頭像，因人頭像面帶笑容，故稱該面為「笑面」【「笑面」應指微笑的面容，非面向上】，該面向上便稱「笑」、「笑笑」，或「坦笑thán-tshiò（ㄊㄢ2-ㄑㄧㄛ3）」，此純屬穿鑿附會之說，不足取。

「坦笑」宜作「坦哨」，論語述而：「君子坦蕩蕩」，集注：「坦，平也」，管子幼官：「坦氣修通」，注：「坦，平也」，集韻：「坦，儻旱切」，讀thán（ㄊㄢ2）。

太玄經大：「豐牆哨阤」，范望注：「哨，峻也」，故「哨」即向上仰礐，後作「向上」義，如求神卜筊時兩筊面皆向上稱「哨貝」，筊面向上稱「哨」、「哨哨」、「坦哨」，廣韻：「哨，七肖切」，音tshiàu（ㄑㄧㄠ3），口語讀tshiò（ㄑㄧㄛ3），道理和「照tsiàu（ㄐㄧㄠ3）」亦讀tsiò（ㄐㄧㄛ3）一樣。

坦哨，平而面向上也，不宜作「坦笑」，「睏坦哨【臉向上平睡】」不宜作「睏坦笑」。

0965 七桃、佚宕、迭宕【佚陶、蹉跎】

「遊玩」、「遊戲」、「玩樂」、「旅遊」的河洛話都說成tshit-thô（ㄑ一ㄅ4-ㄊㄜ5），有的卡拉OK歌唱帶或MTV字幕寫做「七桃」，屬記音寫法，明顯不宜。

臺灣語典作「佚陶」，廣雅釋詁一：「佚，樂也」，廣雅釋訓：「陶，喜也」，廣韻：「佚，夷質切」，音it（一ㄅ8），聲化後讀tshit（ㄑ一ㄅ4），廣韻：「陶，徒刀切，音桃thô（ㄊㄜ5）」，作「佚陶」，音義皆合。

臺灣漢語辭典作「佚宕」、「迭宕」，超逸跌蕩也，義合，惟韻書注「宕」去聲，非平聲五調，調有偏失。

或可作「蹉跎」，蹉跎有「失時」義，即浪費時間，即蹉跎歲月。細思之，浪費時間是果，放逸玩樂是因，即因「蹉跎【玩樂】」而致光陰虛度，便稱「蹉跎歲月」。

按「差」可讀入聲tshih（ㄑ一ㄏ8）、tshuah（ㄘㄨㄚㄏ8），「蹉」以「差」為聲根，口語可讀tshit（ㄑ一ㄅ4），廣韻：「跎，徒河切，音駝tô（ㄅㄜ5）」，可音轉thô（ㄊㄜ5）。俗亦說遊玩為lȯk-tô（ㄌㄜㄍ8-ㄅㄜ5），則應作「樂跎」、「樂陶」，而非「駱駝」。

0966

面槍【面相】

「他面槍誠否看（他臉色很難看）」、「他假面槍與咱看
（他裝出臉色給我們看，「假」讀做kik（ㄍㄧ-ㄍ4））」，句中
的「面槍」，河洛話讀做bīn-tshiuⁿ（ㄅ'-ㄣ7-ㄑㄧㄨ1鼻音），意
思是臉色。按，面，向也，如面山、面海、面淵，則「面槍」即
面對槍，意思大不相同。

「臉色」，河洛話一般說「面色bīn-sik（ㄅ'-ㄣ7-ㄒㄧ-ㄍ
4）」，不過也有說bīn-tshiuⁿ（ㄅ'-ㄣ7-ㄑㄧㄨ1鼻音），若要寫
成文字，應作「面相」為佳。

「面相」俗多讀bīn-siòng（ㄅ'-ㄣ7-ㄒㄧㄛㄥ3），指相貌，
不過俗亦白讀bīn-tshiuⁿ（ㄅ'-ㄣ7-ㄑㄧㄨ1鼻音），偏指臉色【亦
指相貌】，集韻：「相，思將切，音襄siong（ㄒㄧㄛㄥ1）」，中
文大辭典：「相，質也，與像通」，可見「面相」即面像，即面
之質素，亦即面色。「相siong（ㄒㄧㄛㄥ1）」可讀tshiuⁿ（ㄑㄧ
ㄨ1鼻音），這和「像siōng（ㄒㄧㄛㄥ7）」亦讀tshiūⁿ（ㄑㄧㄨ7鼻
音）【如他像外國人】，和「上siōng（ㄒㄧㄛㄥ7）」亦讀tshiūⁿ（ㄑ
ㄧㄨ7鼻音）【如上水】，道理一樣。

好面相、面相莊嚴的「相」，讀做siòng（ㄒㄧㄛㄥ3）、
tshiuⁿ（ㄑㄧㄨ1鼻音），皆可。

0967　吹風【衝風】

　　「吹風tshue-hong（ㄘㄨㄝl-ㄏㄛㄥl）」的河洛話一般也說tshiuⁿ-hong（ㄑㄧㄨl鼻音-ㄏㄛㄥl）或tshioⁿ-hong（ㄑㄧㄛl鼻音-ㄏㄛㄥl），如果說是由「吹風」音轉的結果，至少聲部相同，也算有理。

　　其實tshiuⁿ-hong（ㄑㄧㄨl鼻音-ㄏㄛㄥl）宜作「衝風」，梅堯臣西湖對雪詩：「著物偏能積，衝風不能還」，錢謙益乙丑五月削籍南返詩之九：「單舸衝風滯楚州，淮陰南下又無舟」，何耳燕臺竹枝詞：「深夜誰家和麵起，衝風喚賣一聲聲」，李獻能二老雪行圖詩之二：「抱琴衝風又衝雪，二老風流阿堵中」，「衝風」即冒著風，亦即吹著風。

　　在日常生活中，「衝冒」的對象其實還很多，且都與「衝」結合成詞，如衝雨、衝雪、衝炎、衝寒，北京話說「風吹日曬」，河洛話則說「衝風曝日」。

　　廣韻：「衝，尺容切」，讀tshiong（ㄑㄧㄛㄥl），音轉tshioⁿ（ㄑㄧㄛl鼻音），再轉tshiuⁿ（ㄑㄧㄨl鼻音），作「頂」、「冒」義。

0968 揚水【上水】

　　早期離溪河較遠的村落，往往得鑿井汲水，「汲水」的河洛話說tshiūⁿ-tsuí（ㄑㄧㄨ7鼻音-ㄗㄨㄧ2），俗有作「揚水」。

　　按「揚」為手部字，原指手部動作，說文：「揚，飛舉也」，說文通訓定聲：「按舉者本義，飛者假借」，可知「揚」即「舉」，至於揚帆、揚沙、揚煙、揚塵、揚波、揚袂等皆假借用法，作飛或舞解。

　　「揚水」乃將水向上舉，「汲水」則將水向上拉，兩者其實不同。且就音而論，「揚iông（ㄧㄛㄥ5）」雖可聲化讀tshiông（ㄑㄧㄛㄥ5），與tshiūⁿ（ㄑㄧㄨ7鼻音）調不同，tshiūⁿ-tsuí（ㄑㄧㄨ7鼻音-ㄗㄨㄧ2）不宜作「揚水」，應作「上水」。

　　「上」白讀tsiūⁿ（ㄐㄧㄨ7鼻音），下加名詞如上車、上船、上臺、上樓、上飛機……，言運作向上使人或物置於名詞物之上【「上車」即走到車上】。

　　「上」亦白讀tshiūⁿ（ㄑㄧㄨ7鼻音），下加名詞如上水、上後腳、上馬腳……，言運作向上使名詞物隨之向上動作【「上水」即將水拉上來】。

0969 樹奶【橡奶】

　　按中文大辭典記載，「橡樹」為七葉樹科，屬落葉喬木，雌雄同株，葉長倒卵形，邊緣有鋸齒……，初夏，有白色帶紅暈之花，實蒴果，球形，種子可食用，蒂捄為染料，材料供器具用。又說該樹為富膠脂之樹，其種類甚多，產於阿拉伯者，樹脂可作藥及漿糊等，產於東印度及南美洲者，其白色如乳之汁可製彈性橡皮，用途極廣，最常看到的相關製品，大概像輪胎、橡皮筋、橡皮擦、泡泡糖……。

　　廣韻：「橡，似兩切，音象siōng（ㄒㄧㄛㄥ7）」，口語讀tshiūⁿ（ㄑㄧㄨ7鼻音），河洛話稱「橡皮」為「橡奶tshiūⁿ-ni（ㄑㄧㄨ7鼻音-ㄋㄧ1）」，稱「橡皮筋」為「橡奶圈仔」、「橡奶束仔」，稱「泡泡糖」為「橡奶糖」，稱「橡皮擦」為「橡奶撫仔【「撫」讀hú（ㄏㄨ2）】」，不過俗卻訛作「樹奶」、「樹奶圈仔」、「樹奶束仔」、「樹奶糖」、「樹奶撫仔」，音極相似【「樹」音tshiū（ㄑㄧㄨ7），不帶鼻音】，不過「樹奶」指樹汁，乃泛稱之詞，並非專指「橡樹汁」，可能是指香蕉樹汁、芒果樹汁、漆樹汁……，寫法含混欠明確，當然不妥。

0970 十喙九尻川【十喙九口稱】

　　成語「人多口雜」和「七嘴八舌」的意思相同，換成河洛話則說「十喙九尻川tsảp-tshuì-káu-kha-tshng（ㄗㄚㄅ8-ㄘㄨㄟ3-ㄍㄠ2-ㄎㄚ1-ㄘㄥ1）」，喙即嘴巴，尻川即肛門，意思成為「十張嘴巴九個肛門」，和「人多口雜」、「七嘴八舌」實在扯不上關係。

　　若作「雜喙透尻川」，或許還比較有理，「雜嘴」用來形容雜七雜八的很多嘴巴，「透尻川」用來指嘴巴直通肛門，形容直腸子、踴躍發表意見。一幅「人多口雜」、「七嘴八舌」的景象油然而生，不過因「嘴巴直透肛門」給人「直言」的印象，與「人多口雜」、「七嘴八舌」不同，有其不妥處。

　　或許可作「十喙九口稱」，亦即十張嘴巴有九張開口說話，「人多口雜」、「七嘴八舌」的景象清晰可見。「口」可白讀kha（ㄎㄚ1），如口數的「口」，如單位詞一口皮箱、一口布袋、一口玉環的「口」。稱tshing（ㄑㄧㄥ1），說話也，音轉tshng（ㄘㄥ1）。

0971　撐、掙【穿】

　　用長物拄住，河洛話說thèⁿ（ㄊㄝ3鼻音），寫做「撐」，廣韻：「撐，丑庚切」，讀theⁿ（ㄊㄝ1鼻音），是一調字，但口語有讀三調，如撐船的「撐」讀一調，有些地方亦讀三調。

　　這和「穿」很像，廣韻：「穿，尺絹切」，白讀tshǹg（ㄘㄥ3），是三調字，俗亦讀一調，如穿過的「穿」讀一調、三調都有【「穿」讀三調時，「穿」讀本調，「過」輕讀】。

　　嚴格說，「穿」應讀三調，一調tshng（ㄘㄥ1）應寫做「掙」，集韻：「掙，初耕切」，白讀tshng（ㄘㄥ1），廣雅釋詁：「掙，刺也」，具穿義，後被「穿」併去，「掙針」寫成「穿針」。

　　正字通：「俗謂支拄曰掙」，初刻拍案驚奇卷三：「是有一個媳婦，賽過男子，儘掙得家住」，巧的是「掙」亦作「撐」，而「撐」讀theⁿ（ㄊㄝ1鼻音）。

　　事實上，河洛話說拄住，有兩種說法，一說「撐thèⁿ（ㄊㄝ3鼻音）」，一說「掙tshng（ㄘㄥ1）」。

0972 操幹撟【叱訐誚、叱合誚】

以粗俗下流的言語罵人，河洛話說「操幹撟tshoh-kàn-kiāu（ち古ㄏ4-ㄍㄢ3-ㄍㄧㄠ7）」，又是操，又是幹，又是撟，堪稱超級重罵，不過應以「叱訐誚」為正寫。

河洛話罵人的字不少，如詈lé（ㄌㄝ2）、罵、嘆suān（ㄙㄨㄢ7）、叱、訐、誚……。

說文：「叱，訶也」，段注：「訶，大言而怒也」，公羊莊十二：「手劍而叱之」，注：「叱，罵也」，廣韻：「叱，昌栗切，音翅tshik（ちㄧㄍ4）」，口語轉tshoh（ちㄜㄏ4），如叱狗【禮記曲禮上】、叱馬【陳孚詩句】、叱雀【朝野僉載】、叱喝【盧仝詩句】。

廣韻：「訐，面斥人以言」，廣韻：「訐，居例切」，讀kè（ㄍㄝ3），因「訐」从言干kan（ㄍㄢ1）聲，口語讀kàn（ㄍㄢ3）。

呂氏春秋：「酒醒而誚其子」，周書曰：「王亦未敢誚公」，史記樊噲傳：「是日微樊噲犇入營，誚讓項羽」，史記黥布傳：「項王數使使者誚讓召布」，誚【亦可作「譙」】，責讓也，即大聲嘆責，廣韻注「誚」才笑切，音tsiāu（ㄐㄧㄠ7），口語讀kiāu（ㄍㄧㄠ7）。

作「叱合誚」似亦可，「合kah」與kàn（ㄍㄢ3）置前皆變二調，音極相近。

0973 　錯置、懲治 【創治】

　　河洛話說「故意捉弄」為tshòng-tī（ㄘㄛㄥ3-ㄉㄧ7），俗多作「創治」。

　　臺灣漢語辭典作「錯置」，楚辭九章：「情冤見之日明兮，如列宿之錯置」，以錯誤的擺置，引伸刻意捉弄義【含開玩笑】，雖言之成理，音亦相合，卻嫌曲折。

　　有作「懲治」，意指懲戒式的整治，倒能表現「捉弄」之意。但廣韻：「懲，直陵切」，讀tîng（ㄉㄧㄥ5），其河洛音雖可轉讀tshîng（ㄑㄧㄥ5），進而轉讀tshông（ㄘㄛㄥ5），與tshòng（ㄘㄛㄥ3）聲音相仿，調卻不合，作「懲治」，義合，調不合，有其缺失。

　　平時最常被運用的寫法「創治」，似乎最為可取，不但通俗，大家熟知，而且音義皆合，堪稱更佳寫法。臺灣語典卷四：「創治，謂故意而弄之，創，造也；治，理也」，或因連氏之錯誤解釋，使各家捨「創治」，而作「錯置」、「懲治」，此處「創」不宜作「造」解。集韻：「創，懲也」，書益稷：「予創若時」，傳：「創，懲也」，故「創治」即「懲治」，用法與「懲治」同，無須音轉，聲調完全相符。

0974

溲桶【崳桶】

早期女子嫁妝中一般都包含「子孫桶」，所謂「子孫桶」即指腰桶、腳（骹）桶、溲桶三種，因用於婦女生產而得名；婦女生產時，腰桶用來生小孩，即坐盆用，腳桶用來幫嬰兒洗澡，溲桶則用以盛放生產時所產生的髒東西。

「溲桶tsho·-tháng（ちさ1-ㄊ尢2）」平時也用來大小便，集韻：「溺謂之溲，音搜so（ㄙさ1）」，與tsho（ちさ1）僅一音之轉，作小便解，因此「溲桶」的寫法通俗明確，讓人一看就懂。

不過亦可作「崳桶【或審桶】」，史記萬石君傳：「娶親中裙廁崳，身自浣滌」，集解曰：「崳音投tô（ㄅさ5）」，與tsho（ちさ1）置前皆變七調，語音相同，作便器解。

至於「腰桶io-tháng（一さ1-ㄊ尢2）」何以「腰」名之，是其高及腰？還是要與「腳桶」對稱取名，一腰一腳，好相配成對？其實都不是。

「腰桶」既是「子孫桶」之一，寫做「育桶」應更合宜，「育iȯk（一さㄍ8）」的口語音讀io（一さ1），如育囝、育飼、抱去育。

0975　粗話、傖話【臊話】

　　日常生活中，我們偶會遇見一些草根人物，說話大聲，用詞粗俗，我們說他「大嚨喉腔tuā-nâ-âu-khang（ㄅㄨㄚ7-ㄋㄚ5-ㄠ5-ㄎㄤ1）」，說他「粗聲野喉」，說他「講話粗魯」，說他「講粗話kóng-tshơ-uē（ㄍㄛㄥ2-ㄘㄛ1-ㄨㆤ7）」。

　　「粗話」是一種抽象的說法，因為「粗話」其實包含某些不同的狀況。例如，用詞惡劣，說的話當然是「粗話」；例如，用詞傖俗，說的話當然也是「粗話」，寫做「傖話tshơ-uē（ㄘㄛ1-ㄨㆤ7）」亦未嘗不可；例如，用詞下流，帶色情語彙，說的話是「粗話」，不過也是不折不扣的「臊話tshơ-uē（ㄘㄛ1-ㄨㆤ7）」。

　　「臊」算是一個指稱等而下之的字，男性生殖器就俗稱「臊根」，下流之名聲亦稱「臊聲」，北史抱老壽傳：「臊聲布於朝野」，將「臊話」寫做「粗話」並無不可，只是「粗話」之指陳不若「臊話」之鮮明而已。

　　廣韻：「臊，蘇遭切，音騷so（ㄙㄛ1）」，白讀tsho（ㄘㄛ1），如臭臊、臊肉、臊腥；亦讀tshio（ㄑㄧㄛ1），如臊根；或讀tshơ（ㄘㄛ1），如臊話、臊聲。

0976 斜坡、苴坪【斜棚】

　　俗說屋蓋斜面之任何一面曰phiân（ㄆㄧㄚ5鼻音），以其形似斜坡，故有作「坡」，「坡」從土皮phî（ㄆㄧ5）聲，可白讀phiân（ㄆㄧㄚ5鼻音），如山坡、斜坡。

　　俗說傾斜之屋蓋為tshu-phiân（ㄘㄨ1-ㄆㄧㄚ5鼻音），俗有作「斜坡」，河洛話確實說傾斜為tshu（ㄘㄨ1），但傾斜之屋蓋作「斜坡」恐與地形相混，實不宜。

　　有作「苴坪」，苴，藉也，如鞋苴，墊於物下，非蓋於物上，作屋蓋不妥。說文：「坪，地平也」，指平直無起伏之地，如草坪，屬自然物事，用作屋蓋亦不妥。

　　tshu-phiân（ㄘㄨ1-ㄆㄧㄚ5鼻音）【指屋蓋】應作「斜棚」，說文：「斜，抒也，從斗余聲」，讀如抒su（ㄙㄨ1），音轉tshu（ㄘㄨ1），如溜滑梯俗稱「斜斜仔【名詞】」、「趨斜仔【動詞】」。中文大辭典：「房簷架上以蔽下者謂之棚」，即指屋蓋，集韻：「棚，蒲庚切，音彭phên（ㄆㄝ5鼻音）」，口語讀phiân（ㄆㄧㄚ5鼻音）。

　　「瘠牛大棚骨，放尿雙頭出」，猜一種東西，答案是「房屋」，謎題中的「棚」，指的就是屋蓋。

0977 厝【茨、次】

臺灣有些地名含有「厝」字，如三塊厝、五塊厝、蘇厝、劉厝等；俗亦稱古屋為「古厝」，主因是「厝」字河洛話讀tshù（ㄘㄨ3）。

文選潘岳寡婦賦：「痛存亡之殊制兮，將遷神而安厝」，注：「厝，置也」，中文大辭典：「厝，葬也，置也」，故「厝」雖為房舍，卻偏指陰宅，即停柩之屋舍，以前蔣介石奉「厝」慈湖，即是典例。

「厝」既有上述字義，以「厝」做地名用便嫌不妥。

房舍的tshù（ㄘㄨ3），一般作「茨」，茅蓋屋也，即茅屋。時代進步，今茅屋已近絕跡，稱房舍為「茨」，已不合時宜。

去「茨」之「艸」頭，剩下「次」，亦指房舍，左氏襄二十六：「師陳焚次」，禮記檀弓上：「反哭於爾次」，史記酷吏傳：「民莫安其處次」，皆注：「次，舍也」，所謂「旅次」、「賓次」即接待旅者、貴賓之屋所。

今將房舍的tshù（ㄘㄨ3）寫做「次」，似較合時代潮流。

0978 焄路、率路【導路】

　　河洛話說「帶路」為「焄路tshuā-lŏ（ㄘㄨㄚ7-ㄌㄛ7）」，「焄」為臆造字，不妥。

　　臺灣漢語辭典作「率路」，率，領也，導也，義可行，惟「率」音如蟀sut（ㄙㄨㄅ4）、帥suè（ㄙㄨㄝ3）、類luī（ㄌㄨㄧ7）、律lút（ㄌㄨㄅ8）、刷suat（ㄙㄨㄚㄅ4），除非訓讀，否則「率」不讀tshuā（ㄘㄨㄚ7）。

　　其實thuā（ㄘㄨㄚ7）亦即「導」字，「導」讀tō（ㄅㄛ7），可音轉thuā（ㄊㄨㄚ7）、tshuā（ㄘㄨㄚ7）【韻部o（ㄛ）、ua（ㄨㄚ）可通轉，破、過、可、磨、抄、籮…等皆是】。

　　「導」讀做thuā（ㄊㄨㄚ7），如「導否去【即薰陶使變壞，「否」音phaiⁿ（ㄆㄞ2鼻音）】」、「去美國導三冬」，「導」作教化、薰陶義，釋名釋言語：「導，陶也」，「導」相當於「陶」，作「陶否去」、「去美國陶三年」亦可。【按「淘」讀thuā（ㄊㄨㄚ7），如淘衫、淘米，「啕」亦讀thuā（ㄊㄨㄚ7），如啕話、話陶半晡】

　　「導」讀做tshuā（ㄘㄨㄚ7），如「導路」、「導迎」，作帶引義，北史西域傳序：「恆發使導路」，隋書音樂志：「聖人造樂，導迎和氣」。

0979 皮皮挫【頻頻瘈、頻頻惴】

　　一個人因受驚嚇，或因寒冷，或因病痛，產生渾身顫抖的現象，河洛話說此現象為phī-phī-tshuah（ㄆㄧ7-ㄆㄧ7-ㄘㄨㄚㄏ4），因為是一種皮肉不斷顫動的現象，俗多作「皮皮挫」。

　　「挫」字義繁多，可作摧、折、毀、敗、辱……等義，卻獨無「顫抖」義，且韻書注「挫」為一、三調，不讀四調，作「皮皮挫」音義皆不合。

　　「皮皮挫」宜作「頻頻瘈」，說文：「瘈，小兒瘈瘲病也」，此「瘈瘲病」即今癇病，發病時全身顫抖，甚至口吐白沫。「瘈tshik（ㄘㄧㄍ4）」為一種抖動的病，口語讀tshuah（ㄘㄨㄚㄏ4）。

　　頻頻，持續不斷也，「頻頻瘈」表示抖動現象持續而不曾間歇，然因「瘈」屬病痛現象，「頻頻瘈」則偏向於指稱因疾病或寒冷所產生的顫抖現象。

　　若作「頻頻惴」，「惴tshuah（ㄘㄨㄚㄏ4）」屬心部字，「頻頻惴」則偏向於指稱驚怕恐懼等心理狀況所產生的顫抖現象，運用上有別於「頻頻瘈」。

0980 伸差【伸措、伸錯】

　　伸，伸展也，白讀tshun（ㄘㄨㄣ1），如伸手、頭伸出窗外；差，不佳也，差異也，白讀tshuah（ㄘㄨㄚㄏ8），如偏差、歪差誠遠。河洛話說「伸差tshun-tshuah（ㄘㄨㄣ1-ㄘㄨㄚㄏ8）」，義取「使不佳處境得以伸展」，特指「拮据之解除」，此應屬狹義解釋與寫法。

　　廣義上「伸差」作伸展變動義，宜作「伸措」，指「伸」與「措」兩種作為，說文：「伸，屈伸也」，廣雅釋詁三：「伸，展也」，廣韻：「伸，舒也」。易繫辭上：「舉而措之天下之民謂之事業」，唐語林補遺四：「近時作記，多措浮詞，褒美人才」，「措」作施行、運用解，則「伸措」即舒展運用。

　　或亦可作「伸錯」，錯通措，有移動、轉動義，紅樓夢第九十二回：「豈知他忙著把司棋收拾了，也不啼哭，眼錯不見，把帶的刀子往脖子一抹，也就抹死了」，故「伸錯」另有伸展轉動義，如「房間隘，無可伸錯【「可」讀hó（ho2）】」。拮据者亦如是，待處境好轉，始「可伸錯」。

傳 【存備、僎】

0981

　　「傳」字的北京話讀做ㄔㄨㄢˊ，或因如此，加上河洛話沒捲舌音，「傳」的河洛話遂被說成tshuân（ㄘㄨㄢ5），其實「傳」當動詞時，作遞送解，應讀thuân（ㄊㄨㄢ5），其文讀音為suān（ㄙㄨㄢ7）、tuân（ㄉㄨㄢ5），口語音才讀thuân（ㄊㄨㄢ5），如傳球、傳話；或讀做thŋg（ㄊㄥ5），如傳後代、傳成千尾鱟仔；將「傳」讀做tshuân（ㄘㄨㄢ5），屬訛誤讀法。

　　今河洛話tshuân（ㄘㄨㄢ5），作準備、備有義，一般也都寫做「傳」，如傳酒菜、傳桌椅、傳四菓……等，其實可視為「存備tshûn-pān（ㄘㄨㄣ5-ㄅㄢ7）」急讀縮音的結果，存，有也，備，準備也，存備即有備。

　　「傳酒菜」宜作「僎酒菜」，廣韻：「僎，七戀切」，讀tshuân（ㄘㄨㄢ5），說文：「僎，具也」，段注：「具者，共置也」，廣韻：「僎，具也」，這裡說的「具」就是具備，就是備有。

　　因此tshuân（ㄘㄨㄢ5）可寫做「存備」、「僎」，如存備酒菜、僎酒菜。

0982 扦、剟【穿】

甘蔗葉柄有會刺人的短細硬毛，俗稱甘蔗「tshuaⁿ（ㄘㄨㄚ1鼻音）」；這tshuaⁿ（ㄘㄨㄚ1鼻音）可當名詞，指會刺人的硬毛或硬纖維，亦可當動詞，指刺入。

有將tshuaⁿ（ㄘㄨㄚ1鼻音）寫做「扦」，中文大辭典：「金屬竹木等細長之物，一端尖銳者，用以通物或挑除污垢，俗多曰扦，如云煙扦、牙扦」，可知「扦」與tshuaⁿ（ㄘㄨㄚ1鼻音）【指硬毛或硬纖維】一粗一細，實不相同。

有將tshuaⁿ（ㄘㄨㄚ1鼻音）寫做「剟」，剟，刺也，義合，但韻書注「剟」音tuat（ㄉㄨㄚㄉ4），音與調皆不合。

tshuaⁿ（ㄘㄨㄚ1鼻音）可作「穿」，穿，通也【說文】，鑽也【增韻】，貫也【集韻】，刺也【廈門音字典】，廣韻：「穿，昌緣切，音川tshuan（ㄘㄨㄢ1）」，口語讀tshuaⁿ（ㄘㄨㄚ1鼻音）【如泉、半、潘、官、煎、單……亦是】，穿入且穿出【即貫穿】稱tshuan（ㄘㄨㄢ1），穿入而無穿出則稱tshuaⁿ（ㄘㄨㄚ1鼻音），後來動詞作名詞用，如甘蔗穿。

「刺毛」可合讀tshuaⁿ（ㄘㄨㄚ1鼻音）【俗有白讀「毛」為moa（ㄇㄨㄚ1）】，還真巧合。

0983 風吹【風箏、風槎】

　　每見有人將「風箏」的河洛話寫成「風吹」，我都要皺眉頭。「風吹」是指空氣的流動現象，怎會是「風箏」，就算風箏靠風力飛諸天際，也不能一廂情願，硬把「風箏」的河洛話寫成「風吹」。

　　我曾聽過一說，說「風吹」二字若都不變調，意指「風在吹」，作動詞；如「風」因置前而變七調，意思是「風箏」，作名詞，這倒是新穎的說法。

　　「風箏」古時稱為紙鳶，後來因鳶首以竹為笛，受風時聲如箏鳴，故名風箏，又名風槎。

　　「槎」是形聲字，含「差tshe（ㄘㄝ1）」的聲根，「箏」也是形聲字，含「爭tseⁿ（ㄗㄝ1鼻音）」的聲根，兩字讀音相近，「風槎」、「風箏」讀音本就接近河洛話說的hong-tshe（ㄏㄛㄥ1-ㄘㄝ1）或hong-tshue（ㄏㄛㄥ1-ㄘㄨㄝ1）。

　　「風箏」的河洛話應該寫做「風箏」、「風槎」，音相符，義也佳，都無不妥處，要比「風吹」的寫法好。【例如「放風吹」，是放風箏？還是放於風中使吹走？像「放水流」一樣。有歧義】

0984　尋、察【敊、捼、覓】

河洛話說「尋覓」為tshuē（ちㄨㄝ7），常說常聽，卻難用字。

有作「尋」，「尋」讀jîm（ㄐˊㄧㄇ5），以手掏取也【「尋」从寸（手）】，如尋褲袋，後衍生尋話、尋線索，「尋」遂有探索義，但「尋」讀tshuē（ちㄨㄝ7）應屬訓讀。

有作「察」，「察」从宀祭tsè（ㄗㄝ3）聲【與tshuē（ちㄨㄝ7）音近，但不同調】，覆審也。

有作「敊」，說文：「楚人謂卜問吉凶曰敊」，言早期搜尋物事往往求神問卜，河洛話係古語，仍保留古音義，「敊」从祟suī（ㄙㄨㄧ7）聲，口語讀tshuē（ちㄨㄝ7）。

或可作「捼」，按，撏同捼，撏，摸也；摸，索也；索，求也；故「捼」即摸索、尋求，廣韻：「捼，徂賄切」，讀tshuē（ちㄨㄝ7）。

或可作「覓」，「覓」从爪見，動手又動眼，表達tshuē（ちㄨㄝ7）極為傳神，惟「覓」音bik（ㄅˊㄧㄍ8）、bā（ㄅˊㄚ7），讀tshuē（ちㄨㄝ7），屬訓讀音。

集韻：「覓，衺視也」，集韻：「瞝，一曰衺視」，可見「覓」通「瞝」，「覓」可讀如「瞝tshuè（ちㄨㄝ3）」，與tshuē（ちㄨㄝ7）音近，唯調不合。

0985

嘴【喙】

「口」是所有動物很重要的器官，河洛話讀「口」為kháu（ㄎㄠ2），不過還另稱口為tshuì（ㄘㄨㄧ3），文字書寫則作「嘴」，或「喙」。

集韻：「觜，或作嘴」，廣韻：「觜，喙也」，說文：「喙，口也」，可見「口」、「嘴【觜】」、「喙」本就同義。

觀諸文字結構，嘴以「觜」為聲，觜以「此」為聲，皆讀「此tshí（ㄘㄧ2）」音，集韻：「嘴【觜】，祖委切」，音tsuí（ㄗㄨㄧ2），然口語俗讀三調tshuì（ㄘㄨㄧ3）。倒是廣韻：「喙，昌芮切」，可讀tshuè（ㄘㄨㄝ3）、tshuì（ㄘㄨㄧ3），與口語吻合。

有說「嘴喙」互通，「嘴」從角口，宜指稱角質化硬口，如雞鴨鵝等的口器；「喙」從象口 【「象」即豬之長口】，宜指稱肉質化軟口，如豬狗羊等的口器，人類亦在此列。

事實上「喙」指的是長口，不是肉質軟口，後來「喙」多用於鳥禽即可見一斑。時至今日，「嘴喙」互通混用，以「嘴tshuì（ㄘㄨㄧ3）」泛指動物用來啣食的器官，即口，應該更為通俗平易。

0986 嘴鬚【髭鬚】

　　男人的頭部會長一些毛，這些毛因生長位置不同，名稱亦不同，例如生於頭上的稱「髮」，河洛話稱「頭毛」；生於額下的稱「眉」，河洛話稱「目眉毛」；生於上下眼瞼上的稱「睫」，河洛話稱「目睫毛」；生於耳前的稱「鬢」，河洛話稱「鬢角」；生於雙頰邊的稱「髯」或「髥」，河洛話稱「鬍鬚」；生於嘴巴上方的稱「髭」，生於下巴的稱「鬚」；生於鼻腔內的稱「鼻毛」；生於耳腔內的稱「耳毛」；在古代，這些名稱絲毫含混不得。

　　「髭」與「鬚」二者，河洛話合稱tshuì-tshiu（ㄘㄨㄧ3-ㄑㄧㄨ1），俗多作「嘴鬚」，因它長在嘴巴四周，以「嘴鬚」名之，亦堪稱名符其實。

　　「嘴鬚」其實也可寫做「髭鬚」，即「髭」與「鬚」的合稱，雖韻書注「髭」音tsi（ㄐㄧ1），一調，然就造字原理看，「髭」和「嘴」一樣，都是形聲字，且皆以「此tshí（ㄑㄧ2）」為聲根，故「髭」、「嘴」皆可文讀tsí（ㄐㄧ2），「嘴」俗白讀tshuì（ㄘㄨㄧ3），「髭」的白話音也可讀tshuì（ㄘㄨㄧ3）。

0987 偆【存】

早期農業社會重男輕女，家中如生女嬰，有的甚至將女嬰殺或棄之，所謂「偆tshun（ちㄨㄣ1）諸夫，無偆諸女」，意思是只留存男孩子，不留存女孩子；或是將女嬰取名「妄育」、「妄飼」，意思是：無奈啊，只能姑妄育之、飼之。

廣韻：「偆，尺尹切」，讀tshún（ちㄨㄣ2），作富解，或因富而引伸作剩餘義，故寫做「偆諸夫，無偆諸女」。

剩餘、存餘的河洛話有作「殘tshun（ちㄨㄣ1）」，但若寫做「殘諸夫，無殘諸女」呢？恐怕問題更大，因為「殘」亦作傷害解，「殘諸夫，無殘諸女」變成傷害男孩子，不傷害女孩子，適成反義。

「偆諸夫，無偆諸女」還是寫做「存諸夫，無存諸女【「存」亦可作「伸」】」為佳，是讓男嬰「留存」、「存活」，而不是讓男嬰「剩餘」、「剩下」，「存」作存活解，讀tshûn（ちㄨㄣ5），口語亦讀一調，何況tshûn（ちㄨㄣ5）與tshun（ちㄨㄣ1）置前皆變七調，口語音相同。「存諸夫，無存諸女」音義簡明，才是正寫。

腳頭盂【腳頭骬】

0988

　　因為人類膝蓋外型如朝下之碗或盂，故臺灣漢語辭典將「膝蓋」的河洛話寫做「腳頭碗kha-thâu-uáⁿ（ㄎㄚ1-ㄊㄠ5-ㄨㄚ2鼻音）」，或「腳頭盂kha-thâu-u（ㄎㄚ1-ㄊㄠ5-ㄨ1）」。

　　亦有將「腳頭碗」寫做「腳頭凸」，說文：「凸，象形，頭隆骨也」，亦有說「凸」象關節骨，本讀kuá（ㄍㄨㄚ2），音變uáⁿ（ㄨㄚ2鼻音）。

　　其實「腳頭碗」可作「腳頭髕」，字彙：「髕，膝髕」，內經太素：「寒府在膝外解營」，楊上善注：「寒熱府在膝外解之營穴也，名曰髕關也」，故「腳頭髕」即膝蓋骨，亦即膝蓋，說膝蓋外形如朝下之碗，故曰腳頭碗，乃穿鑿附會之說。

　　「腳頭盂」應作「腳頭骬」，廣韻：「髃骬，缺盆骹」，即指位於缺盆處的小骨，舉凡胸前、肩部、腳部、手部都有，而膝蓋骨【俗稱髕骨】即位在大腿骨和小腿骨交會的缺盆處【俗稱滑車窩】，故「腳頭骬」即膝蓋骨，亦即膝蓋，說膝蓋外形如朝下之盂，故曰腳頭盂，亦屬穿鑿附會之說。

0989 汙沮【鬱積、汙積】

汙，與窪通，下濕之地也。沮，亦下濕之地也。下濕之地多屬陰暗、潮濕、骯髒，即所謂「汙沮ù-tsù（ㄨ3-ㄗㄨ3）」，河洛話則引申「汙沮」作積鬱不樂、陰沉不開、骯髒低級等義。

「積鬱不樂」屬情緒方面，「陰沉不開」屬個性方面，若不將「汙沮」加以引伸運用，則可作「鬱積」，言鬱悶情緒或心理的累積現象，如「他近來失業，心情誠鬱積」、「他個性鬱積，平時無話無句」，這裡「鬱ut（ㄨㄅ4）」音轉uh（ㄨㄏ4），正韻：「積，資四切，音恣tsù（ㄗㄨ3）」。【按：「鬱積」亦讀ut-tsut（ㄨㄅ4-ㄗㄨㄅ4），俗多訛作鬱卒】

「骯髒低級」屬習氣方面，若不將「汙沮」加以引伸運用，則可作「汙積」，言汙穢不潔的累積現象，相當北京話的「骯髒」、「窩囊」。

「汙積ù-tsù（ㄨ3-ㄗㄨ3）」的倒語為「積汙tsik-ò（ㄐㄧㄍ4-ㄛ3）」，亦骯髒也，河洛話今仍見用。

歪哥、賄交【歪咼】

0990

在公家機構或民間公司做事，若暗中收取不當利益，便會被冠上「歪哥uai-ko（ㄨㄞ1-ㄍㄜ1）」之名，「歪」即不正，「哥」指一種男性人物，「歪哥」即指某種不正之男人，寫法似有些道理【但若貪汙者為女子呢】。

其實uai-ko（ㄨㄞ1-ㄍㄜ1）是動詞，是狀詞，而非名詞，它不是指稱一種人物，而是在描述一種不正當的行為，因它往往是指暗中進行的賄賂交易，故有作「賄交」，「交」可白讀ko（ㄍㄜ1），交纏的「交」即讀此音。然集韻注：「賄，虎猥切、呼內切」讀hue（ㄏㄨㄝ）二或三調，雖可音轉uai（ㄨㄞ），調卻不符。

uai-ko（ㄨㄞ1-ㄍㄜ1）宜作「歪咼」，歪，不正也，字彙：「咼，古禾切」，音ko（ㄍㄜ1），說文：「咼，口戾不正也」，一切經音義六：「斜戾曰咼」，故「咼」與「歪」同義，亦不正也。

歪咼，不正也，同義複狀詞，如「他是歪咼人」；後借作動詞，作「以不正手段取得」義，如「他歪咼三千萬」。

0991 歪哥差岔【歪咼差錯】

河洛話說亂七八糟為uai-ko-tshi-tshuáh（ㄨㄞ1-ㄍㄜ1-ㄑㄧ1-ㄘㄨㄚㄏ8），俗作「歪哥七岔」。

說文：「咼，口戾不正也」，一切經音義六：「斜戾曰咼」，法華經：「亦不缺壞，亦不咼斜」，「咼斜」即不正，即歪，且與「歪」音義皆同【「咼」从口冎ual（ㄨㄚ1）聲，口語讀uail（ㄨㄞ1）】，但字彙：「咼，古禾切」，讀ko（ㄍㄜ1），則uai-ko（ㄨㄞ1-ㄍㄜ1）可寫「咼咼」，為避免讀音困擾，可改作「歪咼」。

廣韻：「差，不齊等也」，「差」字音繁多，參差的「差」讀tshi（ㄑㄧ1）或tshih（ㄑㄧㄏ8），失之毫釐差以千里的「差」讀tshuáh（ㄘㄨㄚㄏ8），故tshi-tshuáh（ㄑㄧ1-ㄘㄨㄚㄏ8）可寫「差差」，為避免讀音困擾，可改作「差錯」，因「差錯」為同義複詞，集韻：「錯，七約切」，可轉tshuáh（ㄘㄨㄚㄏ8），交錯、錯角的「錯」即讀此音。

漢書司馬相如傳大人賦：「紛湛湛其差錯兮」，「差錯」即交互混雜，無關對錯。

0992 碗糕、丸膏【碗鍋、瓦堝】

　　北京話「這是什麼東西」，河洛話說「這是啥物」，或說「這是啥碗糕」，句中的「碗糕」讀做uáⁿ-ko（ㄨㄚ2鼻音-ㄍㄛ1），相當於北京話的「東西【謂物品，非方位詞東西南北的東與西】」，不過寫法顯得奇怪。

　　按「碗」、「糕」皆為名詞，可以並列，但卻無法類比，也無從屬關係，此「碗糕」寫法之所以突兀的原因，「這是啥碗糕」句意成為「這是什麼碗什麼糕」，「碗」與「糕」互對不但不搭調，也難自圓其說。

　　若「碗」字正確，「碗糕」應作「碗鍋」，「碗」、「鍋」同是廚房裡面盛物的器皿，可相互類比，「這是啥碗鍋」亦即「這是什麼碗什麼鍋」，造句合宜。

　　若「碗」字錯誤，「碗糕」可作「瓦堝」，「瓦」、「堝」皆為盛物之土器，如瓦缶、坩堝之屬，亦可類比，「這是啥瓦堝」即「這是什麼瓦什麼堝」，造句亦合宜。「碗」與「鍋」、「瓦」與「堝」可類比，且皆為物品，可引伸作東西【即物品】。

　　有作「丹膏丸散」的「丸膏」，有其理趣，可惜「丸uân（ㄨㄢ5）」調不合。

0993 越頭【斡頭】

臺灣語典卷三：「越頭，則回首。說文：越，度也；引申為迴」，連氏引申之說無據，說「越頭uảt-thâu（ㄨㄚㄅ8-ㄊㄠ5）」即轉頭，不宜。

有作「佛頭」，禮記曲禮上：「獻鳥者佛其首」，注：佛，戾也。文選潘岳射雉賦：「戾翳旋把」，注：戾，轉也，故佛即戾即轉，佛頭即轉頭，而「佛」音hủt（ㄏㄨㄅ8），與uảt（ㄨㄚㄅ8）音近調同，作「佛頭」義可行音亦相仿，不過容易被誤以為在指稱「佛像的頭」，易生歧義。

有作「身頭」，六書故：「身，轉身也」，說文：「身，從反身」，故「身」為轉身，即身身，而不是僅作「轉」解，寫做「身頭」，稍有不妥，且「身」字亦冷僻。

轉頭宜作「斡頭」，廣雅釋詁四：「斡，轉也」，增韻：「斡，旋也，運也」，史記屈原賈生傳：「斡棄周鼎【「斡棄」即斡而棄之，譯成白話即轉頭將物丟棄】」，集解：「斡，轉也」，文選張茂先勵志：「大儀斡運，天迴地游」，注：「善曰：斡，轉也」，正韻：「斡，烏活切」，讀uảt（ㄨㄚㄅ8）。

穢稅【猥穢】

譏人汙穢或品格齷齪，河洛話說uè-suè（ㄨㄝ3-ㄙㄨㄝ3），臺灣語典卷四：「穢稅，猶汙洨；謂其人品性汙穢。穢，汙也。稅，舍也。註：舍放置也」，連氏之說令人難解，「汙穢」加上「舍放置」不知作何解釋？

「穢稅」宜作「猥穢」，廣韻：「猥，鄙也」，說文通訓定聲：「猥，假借為薉」，集韻：「猥，烏潰切」，讀uè（ㄨㄝ3）。中文大辭典：「穢，惡也，不潔清也」，又曰：「與薉通」，集韻：「穢，汙廢切」，讀uè（ㄨㄝ3），可見「猥」與「穢」讀音相同，字義也相同，皆讀uè（ㄨㄝ3），皆作低鄙、不潔義，若「猥穢」成詞，則為同義複詞，作低鄙、不潔義。

不過從造字原理看，「穢」字乃形聲字，從禾歲聲，白話可讀如歲suè（ㄙㄨㄝ3），則「猥穢」白話讀做uè-suè（ㄨㄝ3-ㄙㄨㄝ3）。

俗亦有作「猥褻」，按康熙字典：「褻，穢也」，「猥褻」亦即「猥穢」，但廣韻：「褻，私列切」，讀siat（ㄒㄧㄚㄅ4），為入聲字，調有出入。

0995 針椎【針威】

　　以尖物緩入，河洛話稱ui（ㄨㄧ1），俗有作「剜」、「剈」、「剟」、「削」、「刳」、「挖」，但字音與字義皆不甚相合。

　　有作「椎」，椎乃大頭重棍，專作撞擊夯打用，讀thuî（ㄊㄨㄧ5），如椎攻撲；讀tuî（ㄉㄨㄧ5），如椎肩胛；讀thui（ㄊㄨㄧ1），如椎藥淬；以上動詞用法皆與「椎」之形狀特性相符，若用作「尖物緩入」，即ui（ㄨㄧ1），則不適合。

　　ui（ㄨㄧ1）宜作「威」，「威」从戈人女會意，即女人持戈。戈，兵器名，前尖且旁出一刃，男子力強持戈橫掃直刺即成「戌【殺也】」，讀做sut（ㄙㄨㄉ4），女子力弱持戈只能向前緩刺，即「威」，讀做ui（ㄨㄧ1）。

　　「威」本作尖物緩入義，今失本義，所行皆引伸義。然典籍用例中，「威」字猶有可作本義解者，如詩小雅常棣：「死喪之威，兄弟孔懷」【後來「威」引伸畏】；戰國策齊策：「聲威天下」【後來「威」引伸震】；老子七十二：「民不畏威」【後來「威」引伸虐】。

　　尖銳之勢後來亦稱「威」，如威權、威逼、官威……。

飫【畏】

0996

　　臺灣漢語辭典：「食過多，或過久而生厭曰ui（ㄨㄧˇ），相當於飫，玉篇：『飫，食多也』，集韻：『饜，飫也』，書洛誥：『萬年厭於乃德。注：厭，飫也』」，如「逐日大魚大肉也會飫」、「大魁人飫食肥肉」，按「飫」本義宴食，後引申作飽食義【廣韻：「飫，飽也」】，進而引申作食多義，或以為可進而引申作厭惡義，實非，因為「厭」不一定是厭惡，中文大辭典注「厭」作飽、足、使之滿足義，即飫，所以「飫」是食多，也稱為「厭」，是厭足、厭滿的「厭」，不是討厭、厭惡的「厭」。

　　ui（ㄨㄧˇ）應作「畏」，中文大辭典注「畏」作恐懼義，包括四種狀況：一懼也、怯也；二惡也、忌也；三心服也；四敬也、戒也；所謂「食過多，或過久而生厭」即第二種狀況，前述例句應作「逐日大魚大肉也會畏」、「大魁人畏食肥肉」，成詞畏人、畏死、畏事、畏刑、畏暑、畏罪……，「畏」皆作厭惡義。

　　廣雅釋言：「畏，威也」，集韻：「畏，或作威」，「威」從女人戈，意指女子持戈緩刺，河洛話即稱尖物緩緩刺入為「威」【見0995篇】，以其刺痛難當，故畏也。

0997 隱龜、宛丘【宛疴】

臺灣語典卷三:「隱龜ún-ku(ㄨㄣ2-ㄍㄨ1),傴背曰隱龜。隱,隆起也。……」,但中文大辭典「隱」字解義多達四十條,獨無「隆起」義。再說龜背本就隆起,用作人之傴背,雖似有其理趣,惟無所根據。

臺灣漢語辭典作「宛丘」,中文大辭典注「宛丘」條,一作丘名,不過分為四方低中央高與四方高中央低兩種丘地;二作詩經篇名;三作地名;四作舊縣名;以「宛丘」偏指四方低中央高之地形,而引申作傴背義,似乎勉強。

「隱龜」宜作「宛疴」,漢書揚雄傳:「是以欲談者,宛舌而固聲」,註:「宛,屈也」,說文:「疴,曲脊也」,「宛疴」即脊背彎曲,亦即傴背,廣韻:「宛,於阮切」,讀uán(ㄨㄢ2),口語讀ún(ㄨㄣ2)【俗「以手轉動」稱tsuān(ㄗㄨㄢ7),亦說成tsūn(ㄗㄨㄣ7),音轉現象完全相同】,廣韻:「疴,舉朱切,音拘ku(ㄍㄨ1)」,作「宛疴」可說音義皆合。

另有說駝背為「曲疴khiau-ku(ㄎㄧㄠ1-ㄍㄨ1)」,詞構與「宛疴」同。

隱弓蕉【醞弓蕉】

將尚未成熟的果實【如香蕉、芒果】提前採摘，將之置放密閉空間，或以東西覆蓋使與外界隔離，令其漸熟，河洛話稱這種做法為ún（ㄨㄣ2）。

將東西置於密閉空間，或以東西覆蓋使與外界隔離，有「隱藏收置」之舉措，或可作「隱ún（ㄨㄣ2）」，作隱藏義，乃借密閉空間內較高之溫度催熟果實，如「將弓蕉隱乎熟」，簡稱「隱弓蕉」，惟「隱弓蕉」恐被誤解為「隱藏香蕉」，而非「催熟香蕉」，造詞會產生歧義，宜當避用。

陳與義詩：「江頭雲黃天醞雪」，葉適作李公墓誌銘：「治世黜虛而務實，今挾虛競偽者，醞成北伐之議」，葉聖陶窮愁倚閭之思：「人當無可奈何之時，凡百景象胥為醞愁資料」，以上「醞」皆作「逐漸造成」義，如醞酒、醞釀、醞造一般，廣韻：「醞，於粉切」，讀ún（ㄨㄣ2）。

「醞熟」、「醞黃」，即令果實漸熟、漸黃，催熟對象為香蕉稱「醞弓蕉」，對象為芒果稱「醞檨仔」。

0999 允當【穩當】

河洛話ún-tàng（ㄨㄣ2-ㄅㄤ3）作妥當、一定的意思，一般作「允當」、「穩當」，如「他允當會去臺北」、「他穩當會去臺北」。

中文大辭典：「允亦當也」，故「允當」為同義複詞，「允當」即允，即當，即適當，左傳僖公廿八年：「允當則歸」，杜預注：「無求過分」，葛洪抱朴子酒戒：「誠能賞罰允當……則士思果毅，人樂奮命」，舊唐書張文瓘傳：「文瓘至官，旬日決遣疑事四百餘條，無不允當」，隨緣隨筆諸史：「然既已分列其目，則褒貶自宜允當」，以上「允當」皆作適當義。

「穩當」則非同義複詞，要比「允當」多一個「穩」字【因「允當」為同義複詞，意思等同「當」】，故也多了穩妥、確定之義，韓愈答侯生問論語書：「此說甚為穩當，切更思之」，朱熹答范伯崇書：「子貢所以請問其次者，蓋謂自省見得有未穩當處」。

由上可知，「穩當」詞意較「允當」繁複周衍，尤其多了穩妥、確定義，與口語ún-tàng（ㄨㄣ2-ㄅㄤ3）的實際意涵更加切合，作「穩當」應優於「允當」。

勻景【云境】

地方廟宇逢神明生日、廟慶或作醮等重大節慶，往往神明會出巡，繞莊社一圈，一來宣示神威顯赫，二來表示護境平安，有人稱之為「勻景ûn-kíng（ㄨㄣ5-ㄍㄧㄥ2）」，寫做「勻景」，實難解其義。

既是神明出巡，既是繞境一周，則可作「巡境sûn-kíng（ㄙㄨㄣ5-ㄍㄧㄥ2）」，作巡視境內義，觀諸民間廟宇所立牌樓，上頭常有「巡境」或「遶境」之字樣，意思即為神明出巡且遶境，確保境內一切平安。

「巡sûn（ㄙㄨㄣ5）」與ûn（ㄨㄣ5）音近，ûn（ㄨㄣ5）或為訛音。

不過ûn-kíng（ㄨㄣ5-ㄍㄧㄥ2）倒有適用字詞，即「云境」，詩小雅正月：「洽比其鄰，昏姻孔云」，毛傳：「云，旋也」，左氏襄二十九：「晉不鄰矣，其誰云之」，杜預注：「云，猶旋，旋歸之」，管子戒：「天不動，四時云下，而萬物化」，尹知章注：「云，運動貌」，劉勣補注：「云，周旋也」，故「云」可作周旋、迴旋、旋繞解，「云境」即遶境，與「巡境」義近，廣韻：「云，王分切」，讀ûn（ㄨㄣ5）。

1001 　　　　一䋈【一鬱】

　　棉線、麵線、頭髮等細柔綿長之物，經捲曲整理或捆束，使不致蓬鬆雜亂或占據空間，河洛話稱tsit-ut（ㄐㄧ-ㄅ8-ㄨㄅ4）。

　　臺灣漢語辭典作「一䋈」，廣韻：「䋈，束也」，「䋈」從束韋聲，廣韻：「䋈，雨非切，音韋，平聲」，讀ui（ㄨ一）一調或五調，與「ut（ㄨㄅ4）」的入聲讀音不同，雖音近但調不合。

　　tsit-ut（ㄐㄧ-ㄅ8-ㄨㄅ4）宜作「一鬱」，「鬱」可作叢集、紆曲義，詩秦風晨風：「鬱彼北林」，「鬱」即叢集，王若虛新唐書辨：「劉器之嘗曰：『新唐書好簡略其辭，故其故事多鬱而不明』」，「鬱」即紆曲。可見「鬱」作動詞用，叢集也，紆曲也，將棉線、麵線、頭髮等細柔綿長之物叢集且紆曲成束，即稱「一鬱」，一鬱的「鬱」在此作量詞。

　　「一鬱」與「一束」其實不盡相同，花可稱一束，卻不可稱一鬱，物成束卻未經彎曲者稱「束」，彎曲整理過的稱「鬱」。

釀語言04　PD0011

 河洛話一千零一頁（卷四T~U）
　　　——一分鐘悅讀河洛話

作　　者	林仙龍
責任編輯	林千惠
圖文排版	陳宛鈴
封面設計	王嵩賀

出版策劃	釀出版
製作發行	秀威資訊科技股份有限公司
	114 台北市內湖區瑞光路76巷65號1樓
	電話：+886-2-2796-3638　傳真：+886-2-2796-1377
	服務信箱：service@showwe.com.tw
	http://www.showwe.com.tw
郵政劃撥	19563868　戶名：秀威資訊科技股份有限公司
展售門市	國家書店【松江門市】
	104 台北市中山區松江路209號1樓
	電話：+886-2-2518-0207　傳真：+886-2-2518-0778
網路訂購	秀威網路書店：http://www.bodbooks.com.tw
	國家網路書店：http://www.govbooks.com.tw
法律顧問	毛國樑　律師
總 經 銷	聯合發行股份有限公司
	231新北市新店區寶橋路235巷6弄6號4F
	電話：+886-2-2917-8022　傳真：+886-2-2915-6275

出版日期	2011年10月　BOD一版
定　　價	350元

國家圖書館出版品預行編目

河洛話一千零一頁. 卷四T~U, 一分鐘悅讀河洛話 / 林仙龍作,
-- 一版. --　臺北市：釀出版, 2011.10
　　面；　公分. --（學習新知類；PD0011）
　BOD版
　ISBN　978-986-6095-24-5（平裝）

　1.閩南語　2.詞彙

802.52322　　　　　　　　　　　　　100006810

讀者回函卡

感謝您購買本書，為提升服務品質，請填妥以下資料，將讀者回函卡直接寄
回或傳真本公司，收到您的寶貴意見後，我們會收藏記錄及檢討，謝謝！
如您需要了解本公司最新出版書目、購書優惠或企劃活動，歡迎您上網查詢
或下載相關資料：http:// www.showwe.com.tw

您購買的書名：＿＿＿＿＿＿＿＿＿＿＿＿＿＿＿＿＿＿＿＿＿＿＿＿

出生日期：＿＿＿＿＿年＿＿＿＿＿月＿＿＿＿日

學歷：□高中 (含) 以下　　□大專　　□研究所 (含) 以上

職業：□製造業　□金融業　□資訊業　□軍警　□傳播業　□自由業
　　　□服務業　□公務員　□教職　　□學生　□家管　　□其它＿＿＿

購書地點：□網路書店　□實體書店　□書展　□郵購　□贈閱　□其他

您從何得知本書的消息？

　□網路書店　□實體書店　□網路搜尋　□電子報　□書訊　□雜誌

　□傳播媒體　□親友推薦　□網站推薦　□部落格　□其他＿＿＿＿＿

您對本書的評價：（請填代號　1.非常滿意　2.滿意　3.尚可　4.再改進）

　封面設計＿＿＿　版面編排＿＿＿　內容＿＿＿　文／譯筆＿＿＿　價格＿＿＿

讀完書後您覺得：

　□很有收穫　□有收穫　□收穫不多　□沒收穫

對我們的建議：＿＿＿＿＿＿＿＿＿＿＿＿＿＿＿＿＿＿＿＿＿＿

＿＿＿＿＿＿＿＿＿＿＿＿＿＿＿＿＿＿＿＿＿＿＿＿＿＿＿＿＿＿

＿＿＿＿＿＿＿＿＿＿＿＿＿＿＿＿＿＿＿＿＿＿＿＿＿＿＿＿＿＿

＿＿＿＿＿＿＿＿＿＿＿＿＿＿＿＿＿＿＿＿＿＿＿＿＿＿＿＿＿＿

11466
台北市內湖區瑞光路 76 巷 65 號 1 樓

秀威資訊科技股份有限公司　　　收

BOD 數位出版事業部

....

（請沿線對折寄回，謝謝！）

姓　　名：＿＿＿＿＿＿＿＿　年齡：＿＿＿＿　性別：□女　□男

郵遞區號：□□□□□

地　　址：＿＿＿＿＿＿＿＿＿＿＿＿＿＿＿＿＿＿＿

聯絡電話：(日) ＿＿＿＿＿＿＿＿＿　(夜) ＿＿＿＿＿＿＿＿＿

E-mail：＿＿＿＿＿＿＿＿＿＿＿＿＿＿＿＿＿＿＿